# 発情村

葉月奏太

竹書房文庫

# 目次

※この作品は竹書房文庫のために
書き下ろされたものです。

# 第一章　年上美女の性奉仕

## 1

澄んだ青空に耕運機のエンジン音が響きわたる。

時刻は午後三時をまわったところだ。まだ朝晩の気温差は大きいが、晴れている昼間はだいぶ暖かくなった。とくに今日は気温が高く、農作業をしているうちに全身がじっとり汗ばんでいた。

松本直樹（まつもとなおき）は仕事の手を休めて、田んぼに視線をめぐらせる。

(なんとか今日中に終わりそうだな)

首にかけたタオルで額の汗を拭（ぬぐ）うと、耕運機のハンドルを握り直す。そして、再び田んぼを耕しはじめた。

直樹が家業の稲作農家を継いで丸三年が経った。

ひとり息子なので、いつかは家業を引き継ぐことになるのではと思っていた。だが、それはもう少し先のことだと思っていた。最初は苦労の連続だったが、なんとかやっている。作業着の青いツナギもようやく体になじんできたところだ。

直樹は地元の高校を卒業して、大学進学を機に上京した。華やかな都会での生活も悪くなかった。当初は東京で就職して、そのうち田舎に帰ろうと考えていた。ところが、父親が病気で体調を崩したため、大学卒業と同時に帰郷して家業を継いだ。

急遽、予定を前倒しすることになったが、都会よりも長閑な田舎のほうが自分には合っている。家業も子供のころから手伝いをしていたので、なんとかなると思っていた。ところが、そう簡単なことではなかった。

一年目は失敗も多く、知り合いの農家にずいぶん助けてもらった。二年目も必死だったが、三年目からは要領がわかってきた。そして、早くも四年目の春を迎えて、直樹は二十五歳になっていた。

ここは甲信越地方にある小さな村だ。

山奥で交通の便は悪いが、灌漑設備は整っている。遠くの川から水路が引かれており、立派な溜池もある。その昔、村の人たちが協力して設備を整えたという。今のように重機もない時代の話だ。かなりの重労働だったに違いない。

おかげで農業が盛んで、とくに稲作は品質も収穫量も安定している。米を中心とする農産物で、村はそれなりに潤っていた。

この村では、雪が溶けて田んぼが乾く四月中旬から土作りを開始する。田植えがはじまる五月までに、少なくとも三回は耕さなければならない。土の状態に合わせた肥料を選んでまぜることで、米の出来が大きく変わる大切な作業だ。

昨年までは父親にアドバイスを求めていたが、今年から直樹がひとりで肥料を選んでいる。なにより知識と経験が物を言うので、父親に追いつくのは容易ではない。だが、努力は必ず実を結ぶと思うと、やりがいも感じている。

稲作農家は五月の田植えから、九月、十月の収穫までが繁忙(はんぼう)期となる。冬は雪に閉ざされるので閑散(かんさん)期だ。

トラクターに乗るため大型特殊免許を取得しているので、冬期間は副業として除雪車の運転をする者もいる。しかし、直樹は春からの仕事に備えて、倉庫内で農機具の手入れなどを入念に行なっていた。

(よし、今日はこれくらいにするか)

西の空がオレンジ色に染まるころ、田んぼ全体を耕し終えた。今期、一回目の土作りは、まずまず順調と言っていいだろう。

耕運機を自宅の隣にある倉庫にしまって、今日の仕事は終了だ。スロープを使って畦道（あぜみち）にあがったとき、視界の隅に人影が映った。なにげなく視線を向ければ、すぐ近くにひとりの女性が立っていた。

夕日が逆光になっているので顔は見えない。だが、スカートの裾（すそ）がヒラヒラと揺れているのはわかった。

（誰だ？）

目を細めて凝視する。

農作業をする服装ではない。いつからそこにいたのだろうか。周囲には田んぼしかなく、ほかには誰もいなかった。

（知り合いか？）

少なくとも近所の人ではないようだ。

おそらく直樹より少し年上だろう。しかし、とくに親しくしている女性はいない。大学生のときは恋人がいた時期もあるが、村に帰ってきてからは仕事を覚えるのに必死だった。

とにかく、耕運機のエンジンを切ると畦道に降り立った。

「直樹、久しぶり」

とたんに涼やかな声が耳に流れこんだ。

懐かしさが胸にひろがり、もしやと思いながら歩み寄る。逆光にならないようにまわりこむと、彼女の顔がはっきり見えた。

「ひ、弘美さん……」

その瞬間、思わず息を呑んだ。

目の前に立っているのは、桜井弘美に間違いない。近所に住んでいた五つ年上の幼なじみだ。三十歳になった弘美は昔と変わらず、いや、よりいっそう美しさに磨きがかかっている。

（やっぱり、美人だよな……）

直樹は心のなかでつぶやき、彼女の顔をまじまじと見つめた。

眩い白のワンピースに薄手のコートを羽織り、明るい色の長い髪を吹き抜ける風に靡かせている。長く東京に住んでいたせいか、長閑な田舎には不釣り合いなほど洗練されていた。

弘美は子供のころから都会志向が強かった。

よく東京に行きたいと話していたのを覚えている。テレビで観た新宿や渋谷の光景に衝撃を受けたという。高層ビルがいくつも立っていて、ネオンが煌めいており、夜でも昼間のように明るいと教えてくれた。

だが、直樹は東京の話より、弘美の輝く瞳に強く惹きつけられた。

子供にとって五つの年の差は大きい。まだ幼かった直樹の目には、弘美の姿が年齢以上に大人っぽく映った。密かに憧れていたが、彼女からすれば直樹は弟のような存在だったのではないか。

ふたりの関係が発展するはずもなく、時は流れていった。弘美が頭をやさしく撫でてくれたのが、今となっては懐かしい思い出だ。

成長とともに弘美の都会志向はますます強くなった。

実際、高校を卒業すると、すぐに東京の大学に進学した。そのまま向こうで就職してOLになり、会社の先輩とつき合いはじめたらしい。そして、五年前に結婚して家庭を持った。

直樹が東京の大学に進んだのは、少なからず弘美の影響があったと思う。だが、結婚披露宴に出席して以来、彼女に会う機会はなかった。

「元気にしてた？」

弘美はそう言って、昔と変わらぬ微笑を浮かべた。

「う、うん……」

直樹はなんとかうなずくが、それ以上は言葉にならなかった。

突然のことで頭が混乱している。結婚してから彼女はほとんど帰省していなかった。

それなのに、どうして急に帰ってきたのだろうか。

「お家（うち）の仕事、継いだんだってね」

弘美は右手で髪を押さえながら語りかけてくる。夕暮れが近くなり、田んぼを吹き抜ける風は冷たくなっていた。

「おじさんの具合はどうなの？」

「とりあえず、大丈夫……」

直樹はかろうじて言葉を絞り出した。

父親は心臓を悪くして入院したが、現在はかなり回復して自宅療養している。体を酷使する農作業はきついが、日常生活を送るぶんには問題なかった。

「それより、いつ帰ってきたの？」

素朴な疑問を口にする。ようやく落ち着いてきたが、まだ状況を把握できていなかった。

「昨日よ」

弘美の答えはあっさりしている。

だが、なにかおかしい。ずっと帰省していなかったのに、突然、平日に帰ってくるのは不自然だ。

(正月でもないのに、どうして？)

そう尋ねようとしたとき、弘美のほうが先に口を開いた。

「離婚したの」

まるで天気の話でもするような言い方だ。一瞬、冗談かと思うが、弘美はにこりともしなかった。

「本当に？」

思わず聞き返すと、弘美は肩を軽くすくめる。

「何度も言わせないでよ」

「だって……なにかあったの？」

デリケートな問題だが、尋ねずにはいられない。

てっきり東京で幸せに暮らしていると思っていた。だから、ほとんど帰省しなかったのではないか。それだけに、突然の報告に驚きを隠せなかった。

「いろいろあるのよ」

弘美はさらりと言ってのける。

だが、直樹は聞き流すことができず、無言で彼女の瞳を見つめ返す。すると、しばらく沈黙が流れて、弘美は小さく息を吐き出した。

「やっぱり気になるわよね」

独りごとのようにつぶやき、仕方ないといった感じで話しはじめる。

「夫が浮気したの。最初におかしいと思ったのは、去年の暮れのことよ。急に残業が増えて、帰りが遅くなったの」

三つ年上の夫は商社マンで、仕事のできる男だったという。

弘美は結婚後、仕事を辞めて家庭に入った。多忙な夫を支えるため、専業主婦になったのだ。家事をきちんとこなして、晩ご飯もきちんと作っていた。ところが、突然の残業で無駄にすることが度々あったらしい。

「あの人、取引先の受付嬢と浮気をしていたの」

弘美は淡々と語りつづける。

残業で遅くなると言われたある日、思いきって会社に電話をかけたという。すると、夫はすでに退勤したと言われた。夫の浮気を確信した瞬間だった。

明け方近くに帰宅した夫を問いつめた。最初こそ惚けていたが、会社に電話したことを告げると顔から血の気がサーッと引いたという。言い逃れできないと思ったらしく、ついに浮気を白状した。

「必死に謝っていたけど、絶対に許さなかった。慰謝料をもらって別れたの」

内容は重いが、弘美の口調はさばさばしていた。

とはいえ、夫に浮気をされて傷つかないはずがない。元からの性格もあるが、自分なりに心の整理をつけたのだろうか。あまりにも突然のことで、直樹のほうが動揺していた。

「た、大変だったんだね……」

悩んだすえに、なんとか言葉を絞り出す。

しかし、それ以上なにを言えばいいのかわからない。弘美はすでに立ち直っているように見えるが、慰めの言葉をかけるべきだろうか。

「暗い顔しないでよ。もう終わったことなんだから」

弘美は腕組みをして言い放った。

どうやら強がっているわけではないらしい。口もとには微笑が浮かんでおり、瞳には決意が滲んでいた。

「これから、どうするの？」

直樹は遠慮がちに尋ねた。

「しばらく実家にいるつもり。また離れに住むことになったの」

弘美の言葉を聞いて思い出す。

高校にあがったころから、弘美は実家の敷地内にある離れに住んでいた。結婚したあとも、離れはそのまま残っていたようだ。

（それにしても……）

複雑な思いが胸にこみあげる。

慰謝料をもらったと言っていたが、それだけで一生食べていけるわけではないのだろう。こちらで仕事を探すつもりかもしれない。それまでの間、実家に身を寄せることになったのではないか。

かつて憧れていた女性だ。幸せになってほしいと思うが、彼女は同情されるのをいやがるだろう。

「ところで、ちょっと話があるんだけど」

弘美があらたまった様子で語りかけてくる。そして、顎を少しあげると、直樹の顔をじっと見つめる。

「話って？」

「久しぶりに会うんだもの、いろいろあるでしょ」

なにやら含みのある言い方だ。よほど大切な話があるのだろうか。だが、どういうわけか、それ以上、語ろうとしない。

「とにかく、今夜、うちに来なさいよ」

こちらの予定も聞かず、弘美は勝手に決めてしまう。そして、軽く右手をあげると背中を向けた。

「ちょ、ちょっと……」

「じゃあ、あとでね」

弘美は振り返ることなく畦道を歩きはじめる。夕日でオレンジ色に染まるなか、彼女の後ろ姿が遠ざかっていく。

（変わらないな……）

直樹は思わず苦笑を漏らした。

美しさがそのままなら、強引なところも変わらない。それでも、久しぶりに会えたことがうれしかった。

## 2

耕運機を倉庫に戻すと、シャワーを浴びて晩ご飯を食べた。

そして、直樹は徒歩で弘美の実家に向かった。すでに日が暮れており、外はまっ暗になっていた。

弘美に会ったせいか、ふと東京の煌びやかな景色を思い出した。

この村にはネオンなどなく、民家の明かりだけがポツポツと灯っているだけだ。街路灯の数も東京に比べて少ないので、なおさら暗く感じる。車もほとんど走っておらず、まだ夜七時すぎだというのに静かなものだ。村の中心部に行けば、商店や食堂があるが、このあたりはなにもない。

帰郷したばかりのころは、東京の喧騒を懐かしく思ったこともある。だが、今は長閑な田舎暮らしにすっかり慣れていた。生まれ育った村の空気が、自分の肌には合っている気がした。

（まだ夜は冷えるな……）

思わず肩をすくめてブルゾンのポケットに手をつっこんだ。

雪はすっかり溶けたとはいえ、さすがに日が落ちると気温がぐんとさがる。直樹は歩調を速めて、田んぼ沿いの道を急いだ。

徒歩三分ほどで、桜井家が見えてくる。

やはり代々稲作農家をやっていて、現在は弘美の兄が継いでいる。母屋（おもや）は瓦（かわら）屋根の二階建てで、敷地面積はかなり広い。門を開いて入ると奥に母屋があり、手前に平屋の離れがあった。

直樹はまっすぐ離れに向かうと、ドアの前でいったん立ちどまる。

弘美が高校にあがってから離れに住んでいたのは知っていたが、なかに入ったことはない。幼いころとは違って、高校生になった弘美とは自然と距離ができていた。そのため、離れに遊びに行く機会はなかった。

かつて憧れていた近所のお姉さんの部屋を前にして緊張している。小さく深呼吸して気持ちを落ち着かせると、ドアをそっとノックした。

「はい……」

すぐに弘美の声が聞こえる。足音が近づき、ドアが開け放たれた。

「いらっしゃい」

目が合うと、弘美はにっこり微笑んだ。

「ど、どうも……」

直樹も笑みを浮かべるが、ぎこちなくなってしまう。弘美の顔を見たとたん、またしても緊張が高まった。

「どうぞ、入って」

うながされるまま、スニーカーを脱いで離れにあがる。

ぱっと見た感じ、ワンルームマンションのような作りだ。部屋の広さは十畳ほどで、水回りの設備も整っている。玄関を入ってすぐにミニキッチンがあり、ユニットバスもあるようだ。

壁ぎわには洋服簞笥(だんす)とテレビが並んでいる。ひとりで生活するには充分な設備が整っていた。

「適当に座ってて」

「は、はい……」

弘美に言われて、部屋のなかに歩を進める。

黄緑の絨毯(じゅうたん)が敷いてあり、中央にローテーブルがある。その周囲にはクッションが転がっていて、窓の手前にはベッドが置いてあった。

（やっぱり、緊張するな……）

直樹はクッションのひとつに腰をおろした。

すると、弘美が缶ビールとグラスをふたつ持ってくる。ベッドに腰かけると、微かにギシッと軋（きし）む音がした。

座ったことでスカートがずりあがり、なめらかな膝がチラリとのぞく。ストッキングを穿いておらず、剥（む）き出しの生脚が艶（なま）めかしい。無駄毛の処理が完璧で、臑（すね）は白くてツルリとしていた。

（ど、どこを見てるんだ……）

慌てて視線をそらすと、今度は弘美の胸もとが目に入った。

クリーム色のVネックのセーターが、あからさまに大きく盛りあがっている。双（ふた）つの乳房の形がありありとわかり、しかも、ざっくりとした襟（えり）もとから白い谷間が見えていた。

（す、すごい……）

股間がズクリッと疼（うず）き、顔をうつむかせる。

帰郷してからは農作業に追われてきた。仕事を覚えるのに必死で遊ぶ間もなく、女性と無縁の生活を送っていた。そんな状態なのに、いきなり都会的な美貌の持ち主である弘美とふたりきりになったのだ。緊張しないはずがなかった。

「飲めるでしょ」

当たり前のように言われて、とまどってしまう。

はじめから弘美は飲む気でいたらしい。もちろん、うれしいことだが、緊張で頰の筋肉がこわばっていた。

「う、うん……」

直樹が答える前から、弘美はビールをグラスに注いでいる。そして、グラスを直樹の前にすっと置いた。

「じゃあ、再会に乾杯」

「か、乾杯……」

慌ててグラスを手にすると軽く持ちあげる。彼女が半分ほど飲んだので、直樹も合わせてビールを喉に流しこんだ。

「ああっ、おいしい」

弘美が微笑を浮かべてつぶやいた。

彼女の言葉が妙に色っぽく聞こえてしまう。白い喉が上下に動く様子を、ついついじっと見つめていた。

「直樹とこんなふうにお酒を飲む日が来るなんて、なんか不思議な感じね」

弘美はグラスを空にしたので、直樹も慌てて飲みほした。すると、彼女はすぐにビールを注ぎ足してくれる。

「あっ、俺がやるよ」

「いいのよ。わたしが呼んだのだから気にしないで」

弘美はそう言って立ちあがり、冷蔵庫からもう一本ビールを持ってきた。再びベッドに腰かけると、直樹の顔をまじまじと見つめてくる。

「お酒、結構、飲むの？」

「ま、まあね……」

直樹はとっさに言葉を返した。

本当はあまり強くないが、弘美が飲めそうなので、つい格好つけてしまう。この状況で、酒が弱いとは言えなかった。

「たくさん用意してあるから、好きなだけ飲んでいいのよ」

弘美はやけに酒を勧めてくる。

「つまみがいるでしょ。枝豆とかキムチとか、簡単なものしかないけど」

「それより、大事な話があるんだよね」

直樹のほうから切り出した。彼女のペースに合わせていると、あっという間に酔ってしまいそうだ。

「そうね。じゃあ、本題に入りましょうか」

弘美はグラスを置くと、あらたまった様子で語りはじめた。

まず最初に、桜井家の納屋から古文書が見つかったという。気になったので写真を撮り、大学時代の知り合いに送って解読してもらった。すると、この村に関する秘密が記載されていたらしい。

「村の秘密？」

直樹は思わず聞き返した。

なんの変哲もない田舎の村だ。稲作が盛んで米がおいしいが、それ以外に誇れることはなにもない。とにかく静かな村で、犯罪や大きな事故とは無縁だし、遺跡や化石が発掘されたというようなこともなかった。

「誰にも言っちゃダメよ」

弘美が顔を寄せて声を潜める。

そんなことをしなくても、離れのなかの話し声は外に聞こえないだろう。だが、思わず声を潜めるほど、重要な秘密なのかもしれない。

「とっても価値のある物が、村のどこかに隠されているらしいの」

弘美はあくまでも真剣だ。

つまり、お宝がこの村のどこかに眠っているということらしい。これまで、そんな話は一度も聞いたことがなかった。

「その価値のある物って、なんなの？」

半信半疑だが、本当であってほしいという気持ちもある。どこかに金銀財宝が埋まっているのだろうか。

「それは、まだわからないわ」

「は？」

直樹は拍子抜けした気分で思わずつぶやいた。

なにが隠されているのかはわからないが、とにかく価値のある物だという。そんなあやふやな情報は信用できない。そもそも納屋で見つかったという古文書は本物なのだろうか。

「直樹、信じてないでしょ」

弘美の声のトーンが低くなる。目を細めて、直樹をぐっとにらみつけた。

「い、いや……し、信じてないわけじゃ……」

本心を言えるはずがない。直樹が言葉を濁すと、弘美は内心を見抜いたように口を開いた。

「古文書が本物なのか疑ってるんでしょう。でも、解読してもらったのは、大学の准教授で歴史民俗学の専門家よ。まだ写真鑑定だけで現物を見てもらったわけではないけど、とても興味を示していたわ」

自信ありげに言うと、弘美はベッドの下に隠すように置いてあったプラスティックケースを引き出した。そして、そのなかにしまってあった古文書を慎重に取り出してローテーブルに置いた。

「これを見て」

表紙は茶色がかっており、全体的に古くさい。とくに周囲はボロボロで、右端をとめている糸も切れかかっていた。一見してかなりの年代物だとわかった。

「古いだけじゃなくて、濡れたこともあったみたい。文字が滲んでいるところもあるのよ。素人（しろうと）では読めなくて、だから専門家に解読を頼んだの」

弘美はそう言いながら古文書をそっと開いた。

黄色味を帯びた紙はしなやかさを失い、今にも破れてしまいそうだ。毛筆で文章が書いてあるが、ただでさえ読みにくいうえに、ところどころ破れたり滲んだりしている。どんな内容なのか、まったくわからなかった。

（なんか、本物っぽいな……）

直樹は古文書を見つめたまま、心のなかでつぶやいた。

「これを見ても信じられない？」

弘美は顎をツンとあげて語りかけてくる。そして、もっと飲めとばかりに、ビールをグラスに注ぎ足した。

「なにが隠してあるのかな……」

直樹が素朴な疑問を口にすると、弘美が口もとに笑みを浮かべる。そして、古文書をプラスティックケースにそっと戻した。

「興味が出てきたみたいね」

「本当に価値のある物なら、見てみたいかな……」

完全に信じたわけではないが、まったく興味がないと言えば嘘になる。もしかしたら、とんでもないお宝がこの村のどこかに埋まっている可能性もあるのだ。

「でも、それが遺跡とかだったら、せっかく見つけても自分の物にはならないんだよね？」

「どうして？」

「だって、届出をしなくちゃいけないんじゃないかな」

確かそんな話を聞いたことがある。歴史的価値のある物を発見しても、大金持ちになれるわけではないだろう。

「そんなの黙っていればわからないでしょ」

「えっ、それはまずいんじゃ――」

「わたしは離婚したのよ」

弘美の声が低くなる。ビールをぐっと飲みほすと、身を乗り出すようにして直樹の顔をにらみつけた。

「夫の浮気が原因で、仕方なく田舎に帰ってきたの。でも、このままで終わるつもりはないわ。大金を手に入れて、また東京で暮らすつもりよ」

その言葉で、弘美の考えていることがわかってきた。

古文書に記載されていることが正しいなら、価値のある物が村のどこかに隠されている。それを見つけて、再び東京で暮らす元手にするつもりなのだろう。どうやら都会志向は変わっていないらしい。

「そ、そうなんだ……見つかるといいね」

迫力に気圧(けお)されて、声がだんだん小さくなってしまう。すると、弘美がまたしてもグラスにビールを注いだ。

「ここからが本題よ」

すでに濃い話を聞いているが、まだ本題に入っていなかったらしい。直樹は思わず内心身構えた。

「お宝探し、あなたも手伝いなさい」

弘美に強い口調で言われて絶句する。手伝いを頼むのではなく、強要するような言い方だ。

「そ、それは、ちょっと……」

なんとか言葉を絞り出す。

価値のある物というお宝の内容については気になるが、なにが隠されているのかわからない。深くかかわらないほうがいい気がした。

「俺、仕事があるし……」

「田植えはまだ先じゃない。今なら少しくらい時間を作れるでしょ」

弘美はすべてわかっているとばかりに言い放つ。

稲作農家の娘なので、仕事のスケジュールを把握されている。確かに、雪が溶けて土作りがはじまったとはいえ、まだ多忙というわけではない。とくに直樹の場合、冬は副業をせず準備に充てていたので余裕があった。

「でも、今年はいい米を作りたいから……」

直樹の頭にあるのは仕事のことだけだ。

これまでは慣れるのに必死だったが、今年は家業を継いで四年目になる。そろそろ納得できる米を作りたかった。

「昔はずいぶん遊んであげたのに、わたしのお願いが聞けないってわけ？」

弘美が腕組みをして目つきを鋭くする。

確かに昔はよく遊んでもらった。ひとりっ子の直樹は、弘美のことを姉のように慕っていた。収穫時期で両親が忙しいときは、弘美が虫取りや魚釣りに連れていってくれたこともある。

ずっと憧れていた女性で、頼まれると断りづらい。だからといって、仕事を疎(おろそ)かにはできない。

「やっぱり無理だよ……ごめん」

直樹は悩んだすえに、目を強く閉じて頭をさげた。

息がつまるような沈黙が流れる。顔をあげられずにいると、やがて弘美が小さく息を吐き出すのがわかった。

「そうよね。仕事が大事だよね」

意外にも穏やかな声が耳に流れこんでくる。ようやく直樹が顔をあげると、弘美と視線が重なった。

「なんか……ごめん」

悪いことを言った気がして、もう一度、謝罪する。

怒り出すかと思ったが、彼女の反応はまったく違っていた。柔らかい表情を目にして、胸をほっと撫でおろした。

「いいのよ。気にしないで」

弘美は微笑を浮かべると、直樹の隣に移動してくる。そして、ビールの入ったグラスを軽く持ちあげた。

「久しぶりに会ったんだもの、今夜はゆっくり飲みましょう」

「う、うん、そうだね」

直樹も気を取り直してグラスを手に取った。あらためて乾杯すると、弘美は楽しそうに語りはじめた。しばらく雑談がつづき、ふと弘美に質問された。

「ところで、彼女はいるの？」

「昔はいたよ」

とっさに見栄を張って答える。彼女がいたのは大学生のときなので、もう四年ほど前のことだ。

「今はどうなの？」

「こっちに戻ってからは仕事が忙しいから、それどころじゃないよ」

視線をすっとそらしてビールを飲んだ。

若い者がまったくいないわけではないが、当然ながら東京に比べたら出会いは少ない。それに今は、仕事のことで手いっぱいだった。

「ふうん、じゃあ、今はフリーなんだ」

弘美が独りごとのようにつぶやいた。

実際のところ、直樹に彼女がいるかどうかなど、それほど興味はないだろう。年下の幼なじみを、からかいたいだけに違いない。それでも、こうして弘美と話せるのが楽しかった。

雑談を交わしているうちに時間がすぎていく。注がれるままビールを飲み、気づくとだいぶ酔いがまわっていた。

「けっこう、飲んだね」

そうつぶやく弘美の頬も、ほんのり桜色に染まっている。さすがに酔ったのか、身体が前後に揺れていた。

「弘美さん、大丈夫？」

「なに言ってるの、全然、大丈夫よぉ」

弘美の呂律が怪しくなっている。

酔っている者ほど「大丈夫」と言うものだ。直樹自身も酔っている。時刻を確認すると夜十一時をすぎたところだ。もう、お開きにしたほうがいいだろう。

「俺、そろそろ帰るよ」

「もう帰っちゃうの？」

直樹が腰を浮かそうとすると、弘美が身体をすっと寄せる。そして、そのまま直樹の腕をつかんで密着した。

(あっ……当たってる)

酔っていても、はっきりわかった。

左肘に彼女の乳房が触れている。曲げた肘の先端が、ちょうどセーターのふくらみにめりこんでいた。

（や、やばい……）

意識すると股間がムズムズしてくる。このままでは勃起してしまう。しかし、弘美は離れようとしなかった。

「もうちょっと、つき合ってくれてもいいでしょう」

「明日も朝が早いから……」

直樹は平静を装ってつぶやいた。

本当は明日の朝はゆっくりでも構わない。本格的に忙しくなるのは、田植えがはじまってからだ。しかし、肘が弘美の乳房にめりこんでいる。このまま彼女の隣で飲んでいたら、おかしな気持ちになりそうだ。

こうしている間にも、ペニスが頭をもたげそうになっている。欲望を抑えられなくなる前に、この場から離れたかった。

「ちょ、ちょっと飲みすぎちゃったよ。弘美さんも、もう寝たほうがいいよ」

直樹が提案すると、弘美は素直に身体を離した。

「そうだね……引きとめちゃってごめんね」

淋しげにつぶやき、ふらふらと立ちあがる。

直樹も立つが、弘美は足もとがおぼつかなくて危なっかしい。そう思った直後、彼女の身体が大きく揺れた。

「危ないっ」

とっさに手を肩にまわして抱きとめる。転倒していたら危ないところだった。

「ありがとう……ベッドに連れてって」

弘美が小声でつぶやいた。

どこか頼りない感じで、とてもではないが放っておけない。そんなことを言うとは意外だが、見た目以上に酔っているようだ。とにかく、ベッドに運んで寝かしつけたほうがいいだろう。

「じゃあ、ゆっくり歩いて」

肩を抱いたまま、ベッドに向かって歩いていく。弘美はふらつきながらも、直樹の腰に手をまわしていた。

「まず、いったん座ってから――」

ベッドの前まで来ると、弘美を座らせようとする。ところが、彼女が足を滑らせたことで一気に体重がかかった。

「うわっ」

直樹は弘美の肩を抱いており、彼女の手も直樹の腰にしっかりまわっている。ふたりは密着した状態でベッドに倒れこんだ。

弘美が仰向けになり、直樹が覆いかぶさる格好になっている。両手で体を支えているので、かろうじて密着はしていない。とはいえ、顔が目の前にあり、鼻先が今にも触れそうだ。互いの吐息が感じられるほど接近していた。その状態で視線が重なり、一気に緊張が高まった。

「だ、大丈夫？」

震える声で語りかける。

もう平静を装うことなどできない。弘美が小さくうなずくのを確認して、体を起こそうとする。ところが、彼女は腰にまわした手を離そうとしない。それどころか、力をこめて強く引き寄せた。

「ちょ、ちょっと――」

直樹は女体に覆いかぶさり、完全に密着してしまう。そればかりか、弘美に両手で頬を挟みこまれ、いきなり唇が重なった。

（な、なにを……）

わけがわからず、頭のなかがまっ白になっていく。

とにかく、弘美の柔らかい唇が密着している。かつて憧れていた女性とキスをしているのは、紛れもない事実だった。

## 3

「あふンっ」

弘美が吐息とともに、舌を口内にヌルリと差し入れる。

直樹は突然のことに困惑して身動きできない。弘美に覆いかぶさった状態で固まり、柔らかい舌を受け入れていた。

（ま、まさか、弘美さんと……）

信じられないことが現実になっている。

今まさに弘美とディープキスをしているのだ。彼女の舌が口のなかに入りこみ、歯茎や頬の内側をねちっこく這いまわっている。さらには直樹の舌をからめとり、唾液ごとやさしく吸いあげた。

「はむっ……あンンっ」

弘美は色っぽい声を漏らしながらディープキスをつづけている。直樹の唾液を躊躇なく飲みくだして、口内を隅々まで舐めまわした。

（ああっ、弘美さん……）

舌を吸われているうちに、頭の芯がボーッとしてくる。

大学時代につき合っていた恋人とも、これほど濃厚な口づけをしたことはなかった。これが大人のキスなのかもしれない。しかも相手が弘美だと思うと、なおさら興奮がこみあげた。

「直樹……」

唾液をたっぷり飲んでから、弘美はようやく唇を離した。

濡れた瞳で見つめられて、直樹は言葉を失ってしまう。女体に覆いかぶさった状態で、息がかかるほど顔を寄せ合った状態だ。

「硬いのが、当たってるよ」

弘美がやさしく語りかけてくる。

そのときはじめて、直樹はペニスが硬くなっていることに気がついた。激しいディープキスを交わしたことで、なんとか抑えてきた欲望がふくれあがってしまった。チノパンの前が張りつめて、弘美の下腹部に触れていた。

「こ、これは……ご、ごめん」

慌てて謝り、体を離そうとする。ところが、すかさず彼女の手が股間に伸びて、チノパンのふくらみをそっとつかんだ。

「うっ……」

とたんに甘い刺激がひろがり、小さな声が漏れてしまう。

服の上からとはいえ、弘美の手がペニスに触れているのだ。やさしく撫でまわされて、甘い刺激は明らかな快感へと昇華した。

「ううっ、ま、待って……」

「すごく硬くなってるよ。直樹のここ」

弘美の口もとには笑みが浮かんでいる。

先ほどまで酔っぱらっていたのに、今は楽しげな表情だ。もしかしたら、酔ったふりだったのかもしれない。だが、それを指摘する余裕もないほど、直樹の欲望は高まっていた。

「直樹のアソコ、見たいな」

ささやくような声で言うと、弘美が抱きついてきて体勢を入れ替える。直樹がベッドの上で仰向けになり、弘美が覆いかぶさる格好になった。

「な、なにを……」

「いいから見せてよ。減るもんじゃないでしょ」

とまどう直樹を無視して、弘美はベルトを緩めると、チノパンのボタンをはずしてファスナーをおろす。そして、チノパンとボクサーブリーフをいっしょに膝まで引きさげた。

勃起したペニスが勢いよく跳ねあがる。押さえる物がなくなり、天井に向かって思いきりそそり勃った。

「大きいじゃない」

弘美が目をまるくしてつぶやいた。

しかし、直樹は恥ずかしさで逃げ出したくなっている。顔が燃えるように熱くなり、反射的に両手でペニスを覆い隠した。

「男のくせに、なに恥ずかしがってるのよ」

すかさず弘美が手首をつかんで引き剝がしてしまう。再び屹立したペニスが剝き出しになった。

「だ、だって……」

激烈な羞恥に声が震えてしまう。

なにしろ、憧れていた弘美にペニスを見られているのだ。しかも、ガチガチに勃起して、亀頭の先端からは透明な我慢汁が溢れている。こんな姿を晒して、平常心を保っていられるはずがない。

「いいから、よく見せてよ」

バツイチ美女は直樹の手首をつかんだまま、まじまじとペニスを見つめる。股間に顔を寄せて、彼女の鼻息が亀頭の先端を撫でていた。

「ううっ……」

直樹は羞恥に耐えきれず目を閉じる。

しかし、同時に興奮しているのも事実だ。弘美に至近距離で観察されて、ペニスはますます硬くなった。

「直樹がこんなに立派なものを持ってるなんて……ちょっと驚きね」

弘美はそう言いながら、屹立した肉棒の根元に指をからめる。そっと巻きつけたかと思うと、硬さを確かめるようにキュウッと締めつけた。

「くぅっ……」

たまらず呻き声が溢れ出す。

握られたことで快感がひろがり、下半身に震えが走る。尿道口から新たな我慢汁が湧き出して、亀頭をしっとり濡らしていく。

(ただ握られただけなのに……)

直樹は両手でシーツをつかみ、全身の筋肉に力をこめた。

ただでさえ女性に触れられるのは久しぶりなのに、太幹に巻きついているのは弘美の指なのだ。快感の波が次々と押し寄せて、下半身の震えが大きくなる。じっとしていることができず、腰を右に左によじらせた。

「そんなに動いて、どうしたの？」

弘美が小声で語りかけてくる。すると、またしても吐息が亀頭に吹きかかり、甘い刺激がひろがった。

「ひ、弘美さんが触るから……」

なんとか声を絞り出す。全身の筋肉はこわばったままで、ペニスの先端からは我慢汁がじわじわと溢れていた。

目を開いて己の股間に視線を向けると、微笑を浮かべた弘美と目が合った。勃起した肉棒を握りしめて、快楽に呻く直樹を見あげている。美しさが際立つだけに、ペニスに顔を寄せている姿が刺激的だ。

「わたしが触る前から、大きくなっていたわよ」

弘美はさらりと言って、太幹に巻きつけた指をゆるゆる滑らせる。さらなる快感がふくらみ、直樹は両脚をつま先までピーンッと伸ばした。

「くっ……そ、そんなことしたら……」

自分でしごくのとは比べものにならない快感だ。

我慢汁の量が増えて、竿をトロトロと流れ落ちていく。やがて彼女の白い指を濡らすが、気にする様子もなくスローペースでしごきつづける。我慢汁がローション代わりになり、ヌルヌルと滑る感触がたまらない。

「ううっ……」

直樹はまたしても腰をよじった。次から次に押し寄せる快楽に耐えられない。全身の毛穴から汗がじんわり溢れ出していた。

「ふふっ、気持ちいいのね」

この状況を楽しんでいるのか、弘美が含み笑いを漏らす。そして、張りつめた亀頭にチュッと口づけした。

「ちょ、ちょっと……」

慌てて声をかけるが、彼女はまるで聞く耳を持たない。我慢汁が付着するのも構わず、亀頭についばむような口づけをくり返す。

「すごく硬いわ」

唇が触れるたび、甘い刺激が波紋(はもん)のようにひろがっていく。無意識のうちに尻がシーツから離れて、股間を突き出していた。

「くっ……ひ、弘美さんっ」

「興奮してるみたいね。もっと気持ちいいこと、してあげようか？」

弘美が誘うような言葉をかけてくる。そして、舌先で亀頭の裏側をツツーッと舐めあげた。

「ううッ」

くすぐったさをともなう快感が突き抜ける。その直後、ペニスの先端が熱いものに包まれた。弘美が亀頭を口に含んだのだ。柔らかい唇がカリ首に密着して、やさしく締めつけた。

（ま、まさか、弘美さんが……）

直樹は両目を見開き、自分の股間を見つめていた。

あの弘美がペニスを咥えている。少年時代に憧れていた近所のきれいなお姉さんが、膨脹した亀頭に唇をかぶせているのだ。柔らかい唇の感触はもちろんのこと、視覚的にも興奮を刺激していた。

「あふっ……むふンっ」

弘美が微かに鼻を鳴らしながら、亀頭に舌を這わせる。唾液をたっぷり塗りつけては、首をゆったり振りはじめた。

「そ、そんなことされたら……くううッ」

直樹は慌てて訴える。

唇でヌルヌルと擦られるたび、射精欲が急激に盛りあがっていく。このままでは刺激が強すぎて、あっという間に限界が来てしまう。弘美がフェラチオしているのを見るだけで、全身の血液が沸騰した。

「も、もうっ……」

これ以上は耐えられない。そう思ったとき、唇が離れてペニスが解放される。絶頂寸前まで高まっていた快楽が、中途半端なところでとぎれた。

（あ、あとちょっとだったのに……）

ついそんなことを考えてしまう。

すると、弘美がベッドからおりて服を脱ぎはじめる。セーターをゆっくりまくりあげて、白いブラジャーがチラリと見えた。

「わたしも脱いじゃおうかな」

弘美の頬が微かなピンクに染まっている。

積極的に迫ってくるが、同時に羞恥を感じているのかもしれない。それでも手をとめることなく、セーターを頭から抜き取った。

（おおっ……）

直樹は思わず腹のなかで唸った。

ブラジャーのハーフカップから、双つの乳房が今にもこぼれそうになっている。カップの縁がめりこんで、柔肉がひしゃげているのが卑猥だ。

さらに弘美はスカートをおろすと、片足ずつ持ちあげて取り去った。ストッキングを穿いていないので、股間に張りついたパンティが露になる。恥丘がほんのり盛りあがっているのがわかり、思わず視線が惹きつけられた。

「あんまり見ないで……」

弘美が小声でつぶやき、甘くにらみつけてくる。

しかし、そんなことをされても視線をそらせるはずがない。なにしろ手を伸ばせば届く距離で、弘美がブラジャーとパンティだけの姿になっているのだ。恥ずかしげに頬を染めて、内腿をぴったり閉じていた。

「もう、仕方ないわね」

弘美はそう言いつつ、両手を背中にまわしてブラジャーのホックをはずす。とたんにカップが弾け飛び、大きな乳房が勢いよくまろび出た。

白くてたっぷりした双つの柔肉が、目の前でタプンッと揺れている。張りのある肌は艶々しており、いかにも柔らかそうだ。

乳房は大きいが乳輪は小さめで、その中心部では淡いピンク色の乳首が存在感を示していた。

（こ、これが、弘美さんの……）

仰向けになっていた直樹は反射的に首を持ちあげると、喉を鳴らして生唾を飲みこんだ。

思春期のころ、弘美の裸を想像したことは一度や二度ではない。雑誌やインターネットで目にしたヌードを、弘美に重ねて妄想したこともある。しかし、実際に目にした彼女の裸体は、想像よりもはるかに美しくて淫らだった。

「そんなに見られたら、恥ずかしいわ」

弘美は独りごとのようにつぶやくと、ブラジャーを完全に取り去り、パンティのウエスト部分に指をかけた。

そして、前かがみになりながら、ゆっくりおろしていく。腰を左右に揺らす姿が色っぽい。やがて肉厚の恥丘が露になり、逆三角形に整えられた漆黒の陰毛がふわっと溢れ出した。

片足ずつ持ちあげて、つま先からパンティを抜き取る。その仕草ひとつ取っても洗練されており、大人の女を感じさせた。

(す、すごい……)

直樹は瞬きするのも忘れて、弘美の裸体を凝視する。

ずっと憧れていた近所のきれいなお姉さんが、目の前で生まれたままの姿になっているのだ。見たくて見たくてたまらなかった弘美の裸を、ついに目にして感動と興奮が同時にこみあげた。

「直樹も裸になるのよ」

弘美は恥ずかしげに腰をくねらせると、直樹の膝にからんでいたズボンとボクサーブリーフを抜き取った。

「ま、待って……」

とまどう直樹だが、期待もふくれあがっている。シャツもあっさり脱がされて真っ裸になった。

仰向けの状態で、ペニスが隆々と屹立しているのが恥ずかしい。だが、もう興奮を抑えることはできない。これから起きることを想像して、亀頭の先端から我慢汁がトロトロと溢れていた。

「気持ちいいこと、してあげる」

弘美はベッドにあがると、直樹の股間にまたがる。

脚をあげた瞬間、股間の奥がはっきり見えた。陰唇はサーモンピンクで愛蜜にまみれている。ペニスをしゃぶったことで興奮したのかもしれない。あの弘美が女陰を濡らしていることを知り、ますます興奮が高まった。

(ほ、本当に、いいのか?)

困惑しているが、それを口に出す余裕はない。積極的な弘美に圧倒されて、されるがままになっていた。

「すごく硬い……」

弘美が右手で太幹をそっとつかんだ。

股間にまたがり、両膝をシーツにつけた格好だ。そして、亀頭の先端を膣口に導くと、濡れそぼった陰唇に密着させる。軽く触れただけで、華蜜がクチュッと弾ける音が響きわたった。

「直樹の入っちゃうよ……ンンっ」

色っぽくささやくと、弘美が腰をゆっくり落としこむ。二枚の陰唇が押しつけられて、亀頭に覆いかぶさった。

「ひ、弘美さん……くううッ」

ついにペニスの先端が膣口のなかに入り、熱い媚肉に包まれる。さらに彼女が腰を下降させたことで、竿の部分もじわじわと女壺のなかに消えていく。

「あっ……お、大きい」

「ううぅッ」

直樹は呻くことしかできない。膣襞が蠢くのを感じると同時に、快感が全身にひろがった。

「ああっ、全部、入ったわよ」

弘美は両手を直樹の腹に置き、いったん動きをとめる。

ふたりの股間は完全に密着している。弘美は内腿で直樹の腰をしっかり挟み、勃起したペニスを根元まで呑みこんだ状態だ。首を持ちあげて股間に視線を向けると、男根はまったく見えなくなっていた。

(ぜ、全部、弘美さんのなかに……)

考えるだけで気分が盛りあがる。

物心ついたころから知っている弘美と、深くつながっているのだ。まさか、こんな日が来るとは思いもしなかった。

妄想したことなら何度もあるが、現実になるとは驚きだ。思春期の甘酸っぱい願望が、今まさに実現している。恐るおそる手を伸ばして、目の前で揺れる乳房にそっと触れた。

（なんてスベスベなんだ……）

双乳のまるみに沿って、手のひらをゆっくり滑らせる。

弘美の乳房は肌理（きめ）が細かく、陶磁器のように白くてなめらかだ。じっくり撫でまわしてから、指を曲げて柔肉にめりこませた。

（おおっ、や、柔らかい……）

思わず腹のなかで唸った。

ほとんど力を入れていないのに、指先がいとも簡単に沈みこんでいく。今にも溶けてしまいそうなほど柔らかい。無意識のうちに揉みあげて、奇跡のような感触を堪能した。

「あンっ……おっぱいが好きなの？」

弘美がくすぐったそうに身をよじる。口もとには微笑を浮かべて、騎乗位の体勢で見おろしていた。

ペニスを膣に呑みこんだが、まだ動こうとしない。媚肉が太幹に慣れるのを待っているのだろうか。こうして結合しているだけで、甘い快感がひろがっている。直樹は腰を動かしたい衝動に駆られて、股間をほんの少しだけ突きあげた。

「くううッ」

媚肉のなかでペニスが滑り、鮮烈な刺激が背すじを駆け抜ける。射精欲がふくれあがるのを感じて、慌てて全身の筋肉に力をこめた。

「動いてほしい?」

バツイチ美女が妖艶(ようえん)な笑みを浮かべて尋ねてくる。

騎乗位で根元までつながった状態だ。媚肉に包まれたペニスは、大量の我慢汁を噴きこぼしていた。

「う、動いてほしい……」

直樹はたまらず懇願する。このままでは蛇の生殺しだ。中途半端な快楽だけ与えられて、昇りつめることができないのはつらすぎる。

「じゃあ、動いてあげる」

弘美は両手を直樹の腹に置いたまま、腰をゆったりまわしはじめる。

とたんに結合部から湿った音が溢れ出す。根元まで膣に埋まっているペニスが、四方八方からクチュクチュと刺激されているのだ。無数の膣襞が蠢き、愛蜜と我慢汁にまみれた太幹をマッサージしていた。

「そ、そんなことされたら……うぅッ」

快感が波紋のようにひろがり、膣のなかで新たな我慢汁が溢れてしまう。乳房から手を離すと、無意識のうちに彼女のくびれた腰をつかんだ。

「気持ちいいでしょう。ああンっ……ほら、なかで擦れてるわよ」

弘美も甘い声を漏らしながら、腰をゆったりまわしつづける。

ペニスを根元まで受け入れた状態での円運動だ。互いの陰毛がからまり、シャリシャリと乾いた音を響かせる。焦れるような快感が押し寄せて、直樹はまたしても股間を突きあげた。

「も、もっと……」

「いいわよ。もっと、気持ちよくしてあげる」

弘美はそう言うと、両膝を立てて足の裏をシーツにつける。下肢をM字に開いた格好になり、腰を上下に振りはじめた。

「ああンっ、これならどう？」

ペニスが膣口から出入りしている。媚肉でヌルヌル擦られて、快感が一気に大きくなった。

「くうぅッ、す、すごいっ」

焦らされたぶん、なおさら愉悦の波を大きく感じる。騎乗位で男根をしごかれ、全身が蕩けるような快楽が押し寄せてきた。愛蜜と我慢汁の量が増えて、ヌルヌル滑るのが心地いい。

「こ、こんなの、ううッ、耐えられないっ」

「いいのよ。好きなときにイッて。直樹が出したいときに出しなさい」

直樹が訴えると、弘美は腰の動きを速くする。腹に置いていた両手を胸板に移動させて、指先で乳首をいじりはじめた。

「そ、そんなことまで……」

「気持ちよくなって……あっ……あっ……」

弘美がやさしく声をかけてくれる。

そのささやきも刺激となり、射精欲が急激に高まっていく。いつしか、彼女の動きに合わせて直樹も股間を突きあげていた。

「き、気持ちいいっ……おおおッ」

「あンっ……あンっ……」

ペニスが出入りすると、弘美も淫らな声をまき散らす。大きな乳房がタプタプ波打ち、硬くなった乳首も揺れている。目に入るものすべてが、直樹の欲望を猛烈に煽り立てた。

これ以上ないほどペニスが膨脹して、濡れそぼった媚肉で擦られている。もはや我慢汁がとまらなくなり、絶頂の大波がすぐそこまで迫っていた。

「おおおッ、も、もうダメだっ」

「ああッ、直樹っ、あああッ」

弘美も喘ぎ声をあげている。ペニスが突き刺さると膣がキュウッと締まり、思いきり締めつけてきた。

目に映るものすべてがまっ赤に染まっている。全身が熱く燃えあがり、今にも昇りつめそうだ。

「あああッ、我慢しなくていいのよ。好きなときに出してっ」

喘ぎまじりの弘美の声が引き金となる。それを聞いた瞬間、ペニスがいっそう膨脹した。

「くうううッ、で、出るっ、出る出るっ、くおおおおおおおおッ！」

たまらず雄叫びをあげながら欲望を爆発させる。根元まで膣に埋まったペニスが脈動して、大量の精液をドクドクと放出した。

男根が蕩けそうな愉悦が全身にひろがっていく。両脚がつま先までピーンッと伸びきり、小刻みに痙攣する。射精はかつてないほど長くつづいて、頭のなかがまっ白になった。

「あああぁッ、熱いっ、熱いわっ」

弘美が艶めかしい声を響かせる。腰をしっかり落としてペニスを呑みこみ、膣道全体で締めあげていた。

熱い媚肉に包まれての射精は強烈な快感だった。

直樹はなにも考えられなくなり、仰向けの状態で愉悦に浸りきっていた。ようやく射精が収まり、しばらくして弘美が腰をゆっくり持ちあげる。すると、半萎えのペニスがヌルリと滑り出た。

弘美は無言のまま隣に横たわった。

ふたりは並んで天井を見あげた状態だ。どちらも口を開くことなく、乱れた呼吸の音だけが響いていた。

鮮烈な快楽の余韻が全身にひろがっている。

弘美はひたすらに腰を振り、直樹を絶頂に導いてくれた。だが、弘美自身は絶頂に達したわけではないようだ。とにかく、ひと言もしゃべることなく、汗ばんだ裸体をぴったり寄せていた。

どれくらい、そうしていたのだろうか。気づくと、乱れた息づかいが聞こえなくなっていた。

「明日からよ」

沈黙を破ったのは弘美だった。

唐突にぽつりとつぶやくが、意味がまったくわからない。直樹は隣を見やると、彼女の横顔を見つめた。

「明日からって、なにが？」

「お宝探しに決まってるでしょ」

弘美が顔をこちらに向ける。わかりきったことを聞かないで、とでも言いたげな口調だった。

「明日からはじめるわよ」

もう一度、平然と語りかけてきた。

先ほど手伝ってくれと言われて断った。それなのに、なぜか直樹が参加することになっている。

「俺、仕事が――」

「楽しませてあげたでしょ」

抗議の声は、弘美の言葉にかき消された。

有無を言わせない雰囲気がある。直樹は言葉につまって黙りこんだ。顔立ちが整っているだけに、強気に迫ってきたときの圧力は強かった。

「べつに、ずっとつき合わせるつもりはないわ。手が空いたときに、ときどき手伝ってくればいいのよ」

冗談を言っている目ではない。弘美はセックスをダシにして、本気で宝探しの手伝いをさせようとしている。

(最初から、そのつもりで……)

今さらながら確信した。

やはり弘美は酔ったふりをして、直樹に迫る機会を狙っていたのだろう。そこまでするのは、古文書に記載されている情報を信じているからだ。だが、直樹は今ひとつ気分が乗らなかった。

「別に俺じゃなくても……」

「ほかに頼める人がいないの。信用できるのは直樹だけよ」

弘美はきっぱりと言いきった。

本気で一攫千金(いっかくせんきん)を狙っているのが伝わってくる。それに信用できると言われて心が揺れた。

「仕事の合間なら……」

「それで構わないわ」

弘美の表情がぱっと明るくなる。そして、直樹の頬にチュッと口づけした。

「直樹、ありがとう」

そんなことをされたら、もう断ることはできなくなる。直樹は急に恥ずかしくなり、おどおどと視線をそらした。

# 第二章　蔵で乱れる未亡人

## 1

二日後、直樹は弘美に呼び出されて、再び彼女の家に向かっていた。

昨日は耕運機とトラクターの整備、それに来月に控えている田植えの準備があったので断った。

だが、今日は少し時間ができたので手伝うことにした。セックスをした手前、断りづらいというのもあるが、弘美と過ごす時間は嫌いではない。大人になった今も憧れの気持ちは残っていた。

とはいえ、手伝いができるのも田植えがはじまるまでだ。来月からは仕事が本格的に忙しくなるので、宝探しどころではなくなる。それは農家の娘である弘美もわかっているだろう。

（雨、降らなければいいけどな……）

直樹は田んぼ沿いの道を歩きながら、ふと空を見あげた。

灰色の雲が低く垂れこめており、今にも雨が降り出しそうだ。宝探しには向かない空模様だった。

離れに到着すると、一昨日のことが脳裏によみがえる。

ふたりでビールを飲み、そして、弘美が迫ってきた。ペニスをしゃぶられて、さらには騎乗位でセックスしたのだ。強烈な快感と興奮を思い出して、ペニスがズクリッと疼いた。

（もしかしたら、今日も……）

つい期待がふくらんでしまう。

頭では一度きりのことだとわかっている。弘美は恋愛感情があって、直樹を誘ったわけではない。それでも期待してしまうほど、最高の体験だった。

気持ちを落ち着かせると、ドアをノックした。すぐに足音が聞こえて、ドアが勢いよく開け放たれる。

「おはよう――」

「来たわね。じゃあ、さっそく行くわよ」

弘美の急かすような声が、直樹の挨拶をかき消した。

まだ午前十時だが、一刻も早く宝探しをはじめたかったようだ。古文書の情報どおり、価値のある物が見つかると信じているのだろう。

あまり早く来ても迷惑かと思い、時間を調整して訪れたつもりだったが失敗だったようだ。

弘美はすでに出かける準備ができているらしく、すぐにパンプスを履いて外に出る。カーキ色のフレアスカートに薄手のコートを羽織っている。これから宝探しをする格好に見えないが、スタイルのいい弘美には似合っていた。

「古文書に記されている場所に向かいましょう」

言葉の端々にやる気がみなぎっている。

なんとしてもお宝を見つけるつもりなのだろう。だが、熱くなっている弘美とは対照的に、直樹の心は冷めていた。

(本当にあるのかな……)

半信半疑どころか、信じられない気持ちのほうが強かった。

古文書の情報が本当だという保証はない。仮に本当だとしても、価値のある物が今も埋まっているとは限らない。すでに何者かの手によって、掘り返されているかもしれないのだ。

直樹は複雑な思いを胸に抱えたまま、弘美のあとをついていく。村の中心部から離れて、山のほうに向かっている。民家がポツポツとあるだけで、車もほとんど走っていない地域だ。

「どこに埋まってるの？」

直樹は古文書の内容を詳しく知らない。見せてもらったが、素人には読める代物ではなかった。

「村の西のはずれに杉の大木があって、その根元に埋まっていると書いてあるわ」

弘美が教えてくれる。

だが、この村で杉の大木など見た覚えはない。とはいえ、歴史民俗学の専門家に古文書を解読してもらったのだから、そう書いてあるのは間違いない。はたして、本当に杉の大木があるのだろうか。

「ところで、掘るのも専門家にまかせたほうがいい気がするんだけど」

ふと思ったことを口にする。

「だってさ、俺が掘って、お宝を傷つけたらまずいでしょ」

そんなことでお宝の価値が落ちたら、弘美が激怒するのは間違いない。だが、弘美は呆れたような視線を送ってきた。

「なに言ってるの。人数を増やしたら分け前が減るじゃない。直樹の取り分だって減っちゃうのよ」

そう言われてはっとする。お宝が見つかった場合、換金して仲間で分けるつもりらしい。その頭数に直樹も入っているようだ。

（まさか、俺も……）

ただ働きを覚悟していたが、弘美の考えは違っていた。手伝わされるだけだと思っていたので意外だった。

目の前には山が迫っている。この山は村の土地で、ここを越えると隣村だ。杉の大木が山のなかだとすると、簡単には見つからないだろう。

（これは大変なことになったぞ……）

直樹は心のなかでつぶやいた。

子供のころは、よく山に入って遊んだものだ。だが、本当にあるのかどうかも疑わしい杉の大木を探すのだ。できれば山に入りたくなかった。

「あそこよ」

弘美が歩調を速める。

山の手前に民家があり、そこに向かっているようだ。杉の大木があると確信しているのか、彼女の足取りには迷いがなかった。

弘美と直樹は門の前で歩みをとめた。

門の横に出ている表札に「室岡（むろおか）」と書いてある。知り合いではないが、このあたりの地主なので名前は聞いたことがあった。

敷地は生け垣に囲まれており、瓦屋根の二階建ての住居はかなり大きい。気後れしてしまうが、弘美は構うことなく門扉を開いてなかに入っていく。直樹は慌てて彼女のあとを追いかけた。

門から家まで玉砂利が敷いてあり、庭は芝になっている。田舎とはいえ、かなり贅沢な造りだ。家の隣にある建物は蔵だろうか。瓦屋根で漆喰の外壁には窓がない。鉄製の観音扉が特徴的だった。

「すごい家だね」

「地主だもの。当然でしょ」

直樹が小声で語りかけると、弘美は当たり前のようにさらりと返してくる。この豪邸を見ても驚いている様子はなかった。

「もしかして、弘美さん、知り合いなの？」

「まあね。昨日も来たから」

弘美の言葉に驚かされる。

じつは昨日のうちに、杉の大木がある場所を特定したという。そして、古文書のことを話して、掘り返す許可をもらっていた。

「それなら昨日のうちに掘ればよかったのに」

「力仕事は直樹に頼もうと思って」

そう言われて納得する。

直樹を仲間に引き入れたのは、つまり雑用係がほしかったということだ。もしかしたら、地中深く埋まっている可能性もある。そう考えると信用できる男が必要だったのだろう。

玄関の前で立ちどまると、弘美は躊躇することなく呼び鈴を鳴らした。

「昨日はここのお嫁さんが応対してくれたの」

弘美が教えてくれる。

亜矢という女性で、隣村から室岡家に嫁いできたという。しかし、夫は二年前に不慮の事故で亡くなり、亜矢は若くして未亡人になった。夫が亡くなってもこの家にいるのは、跡継ぎの幼い息子がいるためだ。義父母は健在だが年老いており、家のことは亜矢に任されているらしい。

「確か、二十五歳って言ってたわね」

「俺と同い年か……」

直樹は思わず言葉を失った。

二十五歳で伴侶を亡くしたのはつらいに違いない。亜矢が大変な人生を歩んできたことを思うと、会う前から気分が重くなった。

やがて引き戸が開いて、若い女性が顔をのぞかせた。

「お待ちしておりました」

物腰が柔らかくて落ち着いている。弘美に微笑を向けると、直樹を見て、軽く会釈した。

「亜矢さん、今日はお世話になります。こちらは、昨日、話していたわたしの幼なじみで――」

弘美は丁寧に挨拶すると、直樹のことを紹介してくれる。どうやら連れてくることをすでに話していたらしく、亜矢はすんなり受け入れてくれた。

「直樹さんですね。よろしくお願いします」

丁重に頭をさげられて緊張してしまう。

亜矢は黒のスカートに白いブラウス、そのうえにグレーのカーディガンを羽織っている。ストレートの黒髪が艶やかで、儚（はかな）げな雰囲気を漂わせた女性だった。

「こ、こちらこそ……」

直樹も慌てて頭をさげる。

瞳の奥に深い悲しみを湛えている気がするのは、未亡人と聞いたせいだろうか。微笑を浮かべていても、どこか淋しげに見えてしまう。とにかく、同い年とは思えないほど物静かだった。

「亜矢さんには、古文書のことを話してあるの。なにか見つかったときは、みんなで分ける約束よ」

弘美の言葉に、直樹は小さくうなずいた。

これで今のところ、弘美、直樹、亜矢、それに古文書を解読した専門家の四人が秘密を知っていることになる。どのような割合で分けるのかは知らないが、弘美のことだから最小限の人数で進めるのだろう。

「お子さんは大丈夫ですか」

弘美が語りかけると、亜矢は微笑を浮かべる。

「お義母さんたちとお出かけしています。いつも面倒を見てくれるので、助かっているんです」

その言葉から義父母との良好な関係がうかがえる。幼い息子も愛されて育っているようだ。夫を亡くしても前向きに生きようと努力しているのだろう。しかし、ふとしたときに見せる表情に、未亡人の悲哀が滲んでいる気がした。

「探している物が見つかるといいですね」

亜矢は穏やかな口調で言うと、サンダルを履いて外に出てくる。

「では、こちらにどうぞ」

先頭に立って庭を歩いていく。そのうしろを弘美と直樹がつづいた。

亜矢は蔵の前で立ちどまる。そして、重そうな鉄製の扉を開くと、なかからスコップを取り出した。

「これをお使いください」

「ありがとうございます」

直樹が受け取り、再び歩きはじめる。蔵の裏手にまわると、すぐに大きな木が目に入った。

「これか……」

思わず圧倒されるほどの迫力だ。

古文書に記されていた杉の大木に間違いない。個人宅の庭にあるのだから、これまで見たことがなかったのも当然だ。実際に杉の大木があったことで、古文書の信憑性が少しだけ高まった。

「それにしても、でかいな」

直樹が幹に抱きついても、両手がまわらないほどの太さがある。この木の根元らしいが、いったいどこを掘り返せばいいのだろうか。

「お宝は、どこに埋まってるの？」

「ここに埋まってるのは宝物じゃないわよ」

すかさず弘美がつぶやいた。

「えっ、じゃあ、なにが……」

「宝物につながる、なにかがあるみたいなの。きっと本当の隠し場所のヒントがあるんじゃないかしら」

弘美は詳しいことはわかっていないらしい。

「最初から言ってよ」

直樹が思わず愚痴をこぼすと、弘美は余裕の笑みを浮かべる。

「あら、わたしはここにあるなんて言ってないわよ。直樹が勝手に勘違いしていただけでしょ」

「そんな——」

直樹が言い返そうとしたとき、スマートフォンの着信音が響きわたった。

「わたしだわ。ちょっと失礼」

弘美がバッグからスマホを取り出した。そして、短く会話を交わすと、すぐに通話を切った。

「仲間が来たから迎えに行くわ。直樹、あとはよろしくね」

「ちょ、ちょっと、待ってよ。仲間って?」

この状況でいなくなるなど考えられない。直樹は慌てて弘美を引きとめた。

「古文書を解読してくれた歴史民俗学の准教授よ」

わざわざ東京から呼び寄せたという。

前回は古文書の写真を撮ってメールで送ったが、現物を見せて詳しく解読してもらうつもりらしい。

「そういうことだから、頼んだわよ」

弘美はそう言って直樹の肩をポンとたたいた。

「亜矢さん、またね」

軽い調子で亜矢にも挨拶すると、弘美は本当に行ってしまった。

2

(困ったな……)

残された直樹は、思わず心のなかでつぶやいた。

つい先ほど会ったばかりの亜矢とふたりきりにされて、なんとなく気まずい空気が流れている。初対面の人と積極的に話せるタイプではないので、この状況は少々つらかった。

「じゃあ、はじめますか」

直樹は独りごとのようにつぶやき、杉の大木に歩み寄る。

曇っていた空から雨がポツポツと降り出した。本格的に降りはじめる前に、埋まっているであろうなにかを掘り出したい。だが、わかっているのは大木の根元ということだけだ。

「ううん……」

どこを掘ればいいのかわからない。いくら許可をもらったとはいえ、当てずっぽうに掘り返すのはまずいだろう。

とりあえず、大木の周囲を歩いてみる。すると、裏側に直径二十センチほどの大きな岩があるのを発見した。苔むしており、かなり前からあるのは間違いない。もしかしたら目印ではないか。

「この岩は、いつからあるんですか」

亜矢に尋ねてみる。すると、彼女は考えこむように首をかしげた。

「わたしが嫁いできたときには、ありましたけど……そういえば、お義父さんが子供のころに撮った写真を見せてもらったことがあるんですけど、そこにも写っていた気がします」

ますます怪しい。この岩の下に、なにかが埋まっているのかもしれない。

「動かしてもいいですか？」

「はい、構いません。弘美さんに古文書のことを聞いて、わたしも気になっていますから」

亜矢はすぐに許可してくれる。自宅の庭になにかが埋まっていると聞けば、気になるのは当然のことだろう。

さっそく岩を手で動かそうとする。しかし、土に埋まっている部分がどれくらいあるのか、重くて微動だにしない。それならばと、岩と土の隙間にスコップを突き立てて、懸命に力をこめた。

「ふんっ」

ところが、まったく動かない。これはかなり手強そうだ。

少し掘っては、スコップを突き立てることをくり返す。いつしか額に汗がじんわり滲むが、それでも岩はびくともしない。

そんなことをしているうちに雨足が強くなってくる。頭上には木の枝が張り出しているが、それでも雨粒が落ちてきた。

「あの……なにかお手伝いしましょうか」

亜矢が遠慮がちに声をかけてくる。

しかし、彼女は見るからにか弱そうだ。怪我をさせたらいけないので、手伝わせるわけにはいかない。

「大丈夫です。それより、濡れるから家に戻ってていいですよ」

「お気になさらないでください」

自分だけ家に戻るのは気が引けるのかもしれない。亜矢はその場から動こうとしなかった。

直樹は岩の周囲を掘ると、再びスコップを地面に深く突き刺した。そして、テコの原理で岩を動かそうと、スコップの持ち手に体重をかける。

「くっ……」

今度は岩が少し動いた。だが、それ以上はどうにもならない。すると、亜矢が手をすっと添えてきた。

直樹の手の甲に、彼女の柔らかい手のひらが重なっている。しかも、肩と肩が触れ合っているのだ。亜矢に他意はないと思うがドキドキしてしまう。この状況で平静を保っているのはむずかしい。

「やっぱり、お手伝いさせてください」

ささやくような声だった。

黒髪から甘いシャンプーの香りが漂ってくる。直樹は完全に気を取られているが、亜矢がスコップに体重をかけたことで我に返った。

「あ、ありがとうございます」

ふたりで力をこめると、岩がググッと持ちあがる。そして、向こう側にごろりと転がった。

「やった……」

「やりましたね」

直樹と亜矢は思わず視線を交わして笑顔になる。

ようやく岩が動いた。地面に埋まっている部分が思った以上に大きかった。岩があった場所には深い穴が空いている。のぞきこんでスコップをそっと差しこむと、先端がなにかにコツンと当たる感触があった。

「おっ、なんかあるぞ」

慎重に土をかき出すと、岩とは異なる物が見えた。

半信半疑だったが、一気に期待が高まった。すかさずしゃがみこんで、穴のなかから取り出した。木製の小さな箱だ。長方形で手のひらより少し大きく、思ったよりも軽かった。

「それが探していた物ですか」

亜矢が興味津々（しんしん）といった感じで見つめている。自宅の庭に謎の箱が埋まっていたのだから、気になるのは当然のことだろう。

「たぶん、そうだと思います」

直樹は小さくうなずいた。

おそらく、これが目的の物だ。本当に埋まっていた。古文書に記されていたことは本当だったのだ。蓋に手をかけた瞬間、弘美の顔が脳裏に浮かんだ。

(勝手に開けたら、怒るだろうな……)

中身を確認したいが、まずい気がする。今は我慢したほうがいいだろう。

「なかを見るのは、弘美さんが戻ってからにしましょう」

直樹はなんとか誘惑を振りきった。

「そうですね。わたしも、そのほうがいいと思います」

亜矢も同意してくれる。

そのとき、彼女の黒髪がしっとり濡れていることに気がついた。セーターも湿っており、白いブラウスが肌に張りついている。しかも肌だけではなく、ブラジャーのラインもうっすら透けていた。

(おっ……)

ついつい視線が吸い寄せられてしまう。

ブラジャーの肩紐はもちろん、カップの縁を彩っているレースも確認できる。乳房は大きく隆起しており、深い谷間まではっきりわかった。未亡人の生々しい女体を想像して、牡(おす)の欲望がこみあげた。

「あの……」

亜矢が首をかしげて小声で語りかけてくる。急に直樹が黙ったので不思議に思ったのだろう。

（ど、どこを見てるんだ……）

直樹は慌てて自分を戒めた。

なんとか視線をそらすが、胸の鼓動は速くなっている。不意打ちで色っぽい姿を目にしたことで、亜矢を女性として意識していた。

「とりあえず、家にあがってください。お茶でも飲みながら、弘美さんが戻ってくるのを待ちましょう」

亜矢が提案してくれる。

このままでは体が冷えきってしまう。ここは素直にお邪魔して、弘美を待たせてもらおうと思った。

「すみませんけど、いいですか」

「もちろんです。行きましょう」

亜矢がスコップを手にして歩きはじめる。直樹は掘り返した箱を両手でしっかり持ち、彼女のあとにつづいた。

## 3

途中、スコップをしまうため、蔵に立ち寄った。

亜矢が鉄製の重い扉を少し開くと、外の光が蔵のなかに差しこんだ。壁ぎわに大きな木箱がたくさん積みあげられている。その中には、先祖代々受け継いだものが入っているのかもしれない。

「俺も、入っていいですか」

ふと興味が湧いて尋ねてみる。こんな機会は滅多にないので、蔵のなかに入ってみたかった。

「こういう蔵を間近で見るのは、はじめてなんです」

「なにもないですけど、よろしければどうぞ。わたしも嫁いできたときは、ワクワクしました」

亜矢は微笑を浮かべて許可してくれる。

嫁いできた身だからこそ、蔵に興味を持つ直樹の気持ちがわかるのだろう。亜矢が扉の隙間から身体を滑りこませると、すぐに直樹も蔵のなかへと入った。

なんとなく埃(ほこり)っぽいのは、やはり古い物が納められているからだろう。差しこんでいる光が帯のように奥までつづいている。だが、見えるのは光の周囲だけで、離れた場所はまっ暗だ。

直樹は近くの木箱の上に、掘り返した箱をそっと置いた。

「これらの木箱のなかには、なにが入ってるんですか？」

目を凝らして蔵のなかを見まわす。入口近くはスペースがあるが、積みあげられた木箱が奥までつづいていた。

「掛け軸とか古い絵画や書物がほとんどです。あと、ご先祖さまが使っていた農機具なども保管してあります」

亜矢が穏やかな口調で説明してくれる。

亜矢はそう言って微笑んだ。そして、スコップを壁に立てかけると、薄暗いなかを歩いてきた。

「じゃあ、行きましょうか」

そう言った直後、亜矢がなにかにつまずいてバランスを崩した。

「あっ……」

「危ないっ」

直樹はとっさに彼女を抱きとめる。頭で考えるよりも先に体が動いていた。

「す、すみません」

亜矢がぽつりとつぶやく。しかし、直樹の胸板に頬を押し当てた状態で、身体を離そうとしない。ブルゾンの前が開いており、汗ばんだダンガリーシャツに彼女の頬が触れていた。

「あ、あの……大丈夫ですか？」

直樹はとまどいながら声をかけた。

すると、亜矢は密着したまま、こっくりうなずく。それなのに離れるどころか、ますます身体を寄せてきた。

「どこか、痛めましたか？」

足首でもひねったのかもしれない。

そう思ってのぞきこむと、亜矢は潤んだ瞳で見あげていた。薄暗いなかでも、瞳の揺れる様子がはっきりわかる。今にも涙が溢れそうになっており、悲しげな表情を浮かべていた。

「……もう少しだけ、このままでいてください」

懇願するような声だった。

そんなことを言われて突き放せるはずがない。直樹は困惑しながらも、亜矢の身体をそっと抱いていた。

（ど、どうすれば……）

直樹は固まったまま身動きが取れなくなった。

ダンガリーシャツごしに、亜矢の頬を感じている。身体をぴったり寄せて、両手を遠慮がちに直樹の背中へまわしていた。

「久しぶりに男の人を感じたから……」

亜矢が消え入りそうな声でぽつりとつぶやく。

その言葉を聞いて、彼女が未亡人だということを思い出した。瞳を潤ませて悲しげな表情を浮かべているのは、直樹に亡き夫の姿を重ねたせいかもしれない。

「かわいい息子がいるし、やさしいお義父さんもお義母さんもいます。ひとりじゃないから、大丈夫だと思っていたんですけど……」

最後のほうは声が震えていた。

亜矢はまだ二十五歳だ。早くに夫を亡くして、淋しい思いをしてきたのだろう。それでも息子や義父母の手前、気持ちを抑えこんできた。ところが、偶発的に直樹が抱きしめる格好になり、こらえられなくなったのではないか。

「亜矢さん……」

彼女の気持ちを思うと、なおさら突き放せない。だが、ずっと抱きしめているわけにもいかなかった。

「俺、汗をかいたから……」

直樹は体を離す理由を探してつぶやいた。

ダンガリーシャツは汗でじっとり湿っている。そんなところに頬を当てて、汗くさくないのだろうか。

「男の人の汗、嫌いじゃないんです」

亜矢は身体をぴったり寄せたまま離れない。

こんなことをしていると、直樹のほうがおかしな気分になりそうだ。黒髪からは甘いシャンプーの香りが漂っており、なにより女体の柔らかさを感じている。乳房が腹に触れてプニュッとひしゃげていた。

（こ、このままだと……）

意識するとペニスが頭をもたげはじめてしまう。

なんとか抑えこもうとするが、瞬く間に大きくなり、ボクサーブリーフとチノパンを内側から持ちあげた。

「あっ……」

亜矢がはっとして身を硬くする。どうやら、ペニスが硬くなっていることに気づいたらしい。

（や、やばい……）

直樹は内心身構えた。

こんなときに勃起しているのだ。平手打ちされても仕方がない。ところが、亜矢は身体を離すことなく、なぜか抱きついたままでいる。それどころか、意識的に下腹部を押しつけてきた。

（そ、そんなことされたら……）

ますますペニスが大きくなってしまう。無意識のうちに身をよじると、肉棒の裏側が擦れて甘い刺激がひろがった。

「ううっ」

たまらず呻いた直後、今度はチノパンのふくらみがやさしく包まれる。亜矢が手のひらを重ねていた。

「あ、亜矢さん？」

「ごめんなさい……もう、我慢できないんです」

見あげてくる亜矢の瞳には涙が滲んでいる。もしかしたら、二十五歳の女体を持てあましているのかもしれない。

「でも、わたし、まだ夫のこと……」

亜矢は独りごとのようにつぶやきながら、それでもペニスを撫でている。

まだ亡き夫のことを想っているらしい。だが、身体が疼いているのだろう。布地ごしにペニスを握りしめて、欲望と罪悪感の狭間で葛藤していた。

ちた。

「もう、どうしたらいいのか……」

ついに亜矢の瞳から涙が溢れ出す。真珠のような涙が頬を伝い、顎の先から滴(したた)り落ちた。

(俺にできることって言ったら……)

直樹は逡巡している。

苦しんでいる亜矢を助けてあげたい。いや、それは詭弁(きべん)だ。この美しい未亡人と深い関係になりたいだけだ。実際、ペニスを刺激されて興奮している。助けてあげたい気持ちもあるが、先ほどからセックスしたくてたまらなかった。

「一度だけでいいんです……お願いします」

亜矢は乳房を脇腹に押しつけながら、チノパンごしに太幹をキュッと握る。その瞬間、先端から我慢汁が溢れ出た。

「お、俺でよければ……」

つい口走ってしまう。

ペニスをねちねちと刺激されて、いつの間にか欲望に流されている。悩んで答えを出したつもりだが、冷静さを失っていたのも確かだ。

「本当に、いいんですか？」

亜矢が小声で尋ねてくる。その間も彼女の右手は、チノパンの上からペニスをしっかり握っていた。

「直樹さんのこれで、慰めてくれるんですか？」

ほっそりした指がベルトを緩めて、チノパンのボタンをそっとはずす。さらにファスナーをおろすと、ボクサーブリーフを器用に引きさげる。とたんに勃起したペニスが剝き出しになった。

4

「もう、こんなに……」

亜矢がペニスを目の当たりにして驚きの声をあげる。

彼女がさんざん撫でたり握ったりした結果だ。薄暗い蔵のなかでも、亀頭が我慢汁で濡れ光っているのがわかった。

「ううっ」

太幹に細い指が巻きつき、腰にぶるるっと震えが走る。思わず声が漏れて、ペニスがさらに硬くなった。

「あぁっ、すごく熱いです」

亜矢は吐息まじりにつぶやくと、指をゆっくりスライドさせる。太幹をじりじりしごいて、さらなる快感を送りこんできた。

「ちょ、ちょっと待ってください」

直樹は慌てて声をあげる。未亡人のねちっこい手つきで、我慢汁がとまらなくなっていた。

「男の人に触れるの、久しぶりだから……ああっ、素敵です」

ペニスをしごいているだけでも興奮が高まるらしい。亜矢は目の下を赤らめて、いつしか息を乱している。

「ゴツゴツして、すごく硬いです」

カリの段差に我慢汁を塗り伸ばしては、ねちっこく擦りあげる。ヌルヌルとしごかれるたび、快感が大きくなっていく。

「あ、亜矢さん……それ以上は……」

直樹が訴えると、亜矢は媚びるような瞳で見あげてくる。そして、悩ましく腰をくねらせた。

「わたしも、触ってほしいです」

ペニスをしごくスピードを緩めて、自ら愛撫を求める。成熟した女体が快楽を欲しているのだろう。

(よ、よし、俺も……)

直樹は意を決すると、両手を伸ばしてスカートの上から尻を抱えこんだ。

手のひらに伝わる感触は、見た目よりもボリュームがある。たっぷりして柔らかい尻肉を揉みあげると、亜矢は敏感に反応して身をよじった。

「はンっ……あぁンっ」

吐息が徐々に喘ぎ声に変わっていく。

久しぶりに受ける愛撫で、女体は瞬く間に火照(ほて)り出す。亜矢の顔はピンク色に上気して、瞳はますます艶を帯びる。半開きになった唇からは、ひっきりなしに悩ましげな声が漏れていた。

(お尻に触っただけなのに……)

直樹は亜矢の反応に驚きながら、さらに双臀(そうでん)を揉みまくった。

第一印象は物静かな女性だったが、今は尻を揉まれただけで喘いでいる。そればかりか、さらなる愛撫をねだるように腰をくねらせていた。

「こういうこと、全然してなかったんですか？」

「え、ええ……夫が亡くなってから、ずっと……」

亜矢はぽつりぽつりとつぶやき、顔を伏せる。

身体を持てあましていたから、これほど過敏になっているのだろう。どこに触れても女体はビクビクと反応した。

（そういうことなら……）

横からのぞきこみ、スカートを少しずつまくりあげていく。ストッキングを穿いていないため、いきなり白い脚が露になった。

スカートの裾をウエストに挟みこむと、剝き出しの下肢に視線を這わせた。

足首は細く締まり、なだらかな曲線を描くふくらはぎにつづいている。太腿は適度に脂が乗ってむっちりしていた。双臀を包んでいるのは純白のパンティだ。縁が食いこみ、尻肉がプニッとはみ出していた。

（す、すごい……）

直樹は思わず生唾を飲みこんだ。

匂い立つような女体に圧倒される。欲望を溜めこんだ未亡人の身体だと思うと、なおさら生々しく感じた。

パンティの縁からはみ出している尻肉を、指先で軽くなぞってみる。表面はシルクのようになめらかで、押せばどこまでも沈みこむほど柔らかい。パンティラインに沿って指先を滑らせれば、女体がビクッと反応した。

「ああっ……く、くすぐったいです」

亜矢は抗議するようにつぶやくが、感じているのは間違いない。その証拠に内腿をもじもじと擦り合わせて、いっそう艶めかしい吐息を漏らした。

(なんて色っぽいんだ……)

直樹は思わず腹のなかで唸った。

子供を生んだことが関係しているのか、それとも未亡人になったことで色気が増したのか。いずれにせよ、二十五歳とは思えない色香を放っている。誘われるようにパンティに指をかけると、ゆっくりめくりおろした。

「は、恥ずかしいです」

亜矢は剝き出しになった尻を右に左によじらせる。

だが、本気で抗(あらが)っているわけではない。それどころか、脱がされることで感じているのかもしれない。それを証明するように、パンティの船底と股間の間に、透明な汁がツツーッと糸を引いた。

「こんなに濡らして……興奮してるんですね」

直樹はパンティを膝までおろすと、両手で尻肉を揉みあげる。そして、臀裂をぱっくり開き、右手の中指をうしろから股間に滑りこませた。

「あンンっ」

亜矢が甘い声を漏らして、身体を前に逃がそうとする。そこをしっかり抱きとめると、指先で陰唇にそっと触れた。

「はああッ、ダ、ダメです」

「でも、すごく濡れてますよ」

耳もとでささやき、柔らかい部分に指先をじっくり這わせる。

すでに女陰はぐっしょり濡れており、蕩けきった状態だ。興奮しているのは明らかで、大量の愛蜜を垂れ流していた。

「あっ……あっ……」

亜矢は喘ぎ声を抑えられなくなっている。

それだけではなく、膝がガクガク揺れはじめた。内股になって太腿をぴったり閉じているが、直樹の中指は陰唇をしっかり捉えている。撫であげるほどに愛蜜の量がどんどん増えていた。

「そ、そんなに触られたら……ああっ」

もう立っていられないほど全身が震えている。

直樹は股間への愛撫をいったん中断すると、亜矢のブラウスのボタンをはずして身体から剝ぎ取った。露になった白いブラジャーも奪えば、双つの大きな乳房が剝き出しになる。

（こ、これはでかいな……）

思わず視線が吸い寄せられた。

亜矢の乳房は弘美よりもひとまわり大きく、乳首は濃いピンク色だ。子供に授乳させたせいなのか肥大化しており、乳輪までぷっくりふくらんでいる。艶めかしい未亡人の乳房を目にして、直樹のペニスがビクンッと跳ねた。

「亜矢さんっ」

「あンっ」

すかさず揉みあげると、亜矢は眉を八の字に歪めて甘い声を放った。

先端で揺れる乳首を指先で転がせば、腰を左右にくねらせる。羞恥にまみれながらも、感じているのは間違いない。乳首は瞬く間に硬くなり、さらなる愛撫を求めるようにとがり勃った。

「そ、そこ、ダメです……はああンっ」

亜矢が潤んだ瞳で訴える。しかし、乳輪まで充血して盛りあがり、腰をたまらなそうに振っているのだ。まったく説得力がなかった。

「これが感じるんですね」

両手の指先で、硬くなった乳首をクニクニといじりまわす。すると、亜矢は身体を小刻みに震わせて、内腿をもじもじと擦り合わせた。

「ああンっ、も、もう……」

感じすぎて耐えられないのだろう。亜矢はせつなげな顔になり、首を左右に振りたくる。腰が引けて、今にもくずおれそうになっていた。

「こっちに来てください」

直樹は亜矢の手を取ると、壁ぎわに積まれた木箱の前まで連れていく。

そこに両手をつかせて、尻を後方に突き出す格好を取らせる。ちょうど腰を九十度に折った状態だ。

「こ、こんなの……恥ずかしいです」

そう言いながらも亜矢は素直に従い、羞恥に頰を染めあげる。

上半身は裸で、スカートは大きくまくりあげた状態だ。しかも、パンティが膝にからまっているのが生々しい。扉の隙間から差しこむ外の光が、ちょうど白い尻を照らしていた。

「み、見ないでください……」

肉づきのいい二十五歳の若尻がプルプルと震えている。

直樹の熱い視線を感じているのだろう。亜矢が恥じらうほどに、牡の欲望が高まっていく。直樹は吸い寄せられるように彼女の背後でしゃがみこむと、尻たぶを両手で割り開いた。

「ああっ……」

亜矢の声とともに、赤々とした陰唇が剝き出しになる。

まるで赤ワインに浸したように、二枚の女陰がヌラヌラと濡れ光っていた。華蜜にまみれており、物欲しげに蠢いている。こうしている間にも、合わせ目からは新たな果汁が染み出していた。

「亜矢さんっ」

この光景を目の当たりにして、平常心を保っていられるはずがない。直樹はたまらず女陰にむしゃぶりついた。

「あああッ、ダ、ダメぇっ」

亜矢の声を無視して、割れ目に唇を押し当てる。舌を伸ばして舐めまわし、華蜜をジュルジュルと吸いあげた。

チーズにも似た芳香が興奮を煽り立てる。甘酸っぱい汁をすすりあげては躊躇することなく飲みくだす。舌先を膣口に埋めこんで、内側の柔らかい粘膜をねちっこく舐めまわした。

「そ、そんなこと……あああッ」

亜矢は尻を後方に突き出した状態で、全身の震えが大きくなっていく。膣口が思いきり締まり、直樹の舌を締めつけた。

「も、もうっ、もうダメっ、はあああああッ！」

顎が跳ねあがり、喘ぎ声が蔵のなかにほとばしる。女体がガクガクと痙攣して、愛蜜がどっと溢れ出した。

(もしかして、イッたのか?)

直樹は臀裂に顔を押しつけたまま、溢れる華蜜をすすっていた。

亜矢はつま先立ちになり、背中を弓なりに反らしている。尻を後方に突き出した格好で硬直していた。軽い絶頂に達したのかもしれない。痙攣をくり返す尻たぶを撫でまわして、舌をそっと引き抜いた。

「あンっ……イッちゃいました」

やはり絶頂に達したらしい。亜矢は顔をうつむかせると、消え入りそうな声でつぶやいた。

乱れた息づかいが蔵のなかに響いている。

亜矢は尻を突き出した格好のまま、絶頂の余韻に浸っていた。そんな彼女の姿を目の当たりにして、直樹の興奮も限界まで高まっている。早くペニスを突きこんで、思いきり腰を振りたかった。

## 5

「俺、もう我慢できません」

直樹は立ちあがるなり、張りつめた亀頭を陰唇に押し当てる。

「ま、待って、少し休ませてくださ——ああッ」

亜矢の声を無視して、ペニスを膣口にねじこんだ。

グジュッという湿った音とともに、大量の華蜜が溢れ出す。亀頭が熱い膣粘膜に包まれて、いきなり甘い刺激がひろがった。

「ううッ、す、すごい」

膣口がカリ首を締めつける。たったそれだけで、我慢汁がどっと溢れてしまう。たまらず呻き声が漏れて、尻の筋肉に力をこめた。

(あ、危なかった……)

額に汗がじんわり滲んでいる。

先日、弘美とセックスしたことで、多少なりとも快感への心構えができていた。それがなければ、亀頭を挿入しただけで暴発していたかもしれない。ふくれあがった射精欲をなんとかやり過ごすと、さらにペニスを押し進める。

「あっ、ああっ」

またしても亜矢の背中が艶めかしく反り返った。

みっしりつまった媚肉をかきわけて、亀頭が膣道を進んでいる。張り出したカリが膣壁を擦る刺激で、女体がビクビクと反応した。

「あああッ」

亜矢が木箱に爪を立てて喘いでいる。膣道は意思を持った生物のように蠢き、ペニスにしっかりからみついていた。

「くうッ……ぜ、全部、入りましたよ」

股間を見おろせば、肉棒が根元まで埋まっている。直樹の腰と亜矢の尻がぴったり密着していた。

濡れ襞の感触が心地いい。肉棒全体を包みこみ、やさしく締めつけている。膣壁が波打ち、ペニスをさらに奥へと引きこんでいく。亀頭がより深い場所に到達して、膣道の行きどまりを圧迫した。

「はううッ、そ、そんなところまで……」

「亜矢さんのアソコが……ううッ」

ふたりの声が重なることで、自然と気分が盛りあがる。快感が大きくなり、膣の奥で我慢汁を振りまいた。

「な、直樹さん……」

亜矢が濡れた瞳で振り返る。

それ以上、言葉を発することはないが、せつなげな瞳から気持ちが伝わった。二年前に夫を亡くしてから淋しい思いをしてきたのだろう。逞しいペニスで、膣のなかをえぐってほしいと願っていた。

「じゃ、じゃあ、いきますよ」

直樹は両手でくびれた腰をつかむとピストンを開始する。ペニスをゆっくり引き出し、亀頭が抜け落ちる寸前から再び根元まで押しこんだ。

「あぁッ、直樹さんっ」

膣壁を擦られるたび、亜矢の唇から喘ぎ声が放たれる。尻をますます突き出し、久しぶりのセックスに溺れていた。

「あああッ、感じすぎちゃいます」

「な、なかがきつくて……くううッ」

締めつけが強烈で、快楽の呻き声をこらえられない。

これが未亡人の締まり具合なのか、それともセックスから遠ざかっていたことで膣道が狭くなったのか。いずれにしても、女壺がもたらす愉悦はすさまじく、一往復ごとに射精欲がふくらんでいく。

「おおおッ、き、気持ちいいっ」

快感が快感を呼び、腰を振るスピードが少しずつ速くなる。引くときはカリで膣壁を擦り、突きこむときは亀頭で最深部をノックした。

「はああッ、わ、わたし、また……あああッ」

亜矢の喘ぎ声も大きくなる。

ペニスの動きに合わせて、膣口が収縮と弛緩(しかん)をくり返す。根元まで挿入したときに締められると、快感の大波が押し寄せる。慌てて奥歯を食いしばり、射精欲を抑えこんだ。

「くううッ……す、すごいっ」

直樹は唸りながらも腰を振る。そして、亜矢の背中に覆いかぶさると、両手をまわしこんで乳房を揉みあげた。

「あンっ、ダメ、ダメです、ああンっ」

乳首を指の間に挟んで、愛撫することも忘れない。そうすることで、亜矢の反応はいっそう高まった。

男日照りがつづいていた未亡人は、乳首と女壺を同時に刺激されて、腰を淫らによじらせる。蜜汁の分泌量が増えており、ペニスを突きこむたびに湿った音が響きわたった。

「あああッ、こんなにされたら、も、もうっ」

亜矢の声が切羽つまってくる。より深い挿入を求めるように、自ら尻をグイッと突き出した。

それならばと、力強いピストンで男根をたたきこむ。深い場所を重点的にかきまわして、意識的にカリで膣壁を擦りまくる。抜き差しのスピードがさらにあがり、女体の震えが大きくなっていく。

薄暗い蔵のなかで、ひたすらに快楽を追い求める。もう昇りつめることしか考えられない。いつしかふたりは息を合わせて腰を振っていた。

「はあぁッ……あああぁッ」

「あ、亜矢さんっ、ぬうううッ」

亜矢の喘ぎ声と直樹の呻き声が重なり、蔵の壁に反響する。淫靡な空気が立ちこめて、ますます気分が盛りあがった。

「も、もう、俺っ……おおッ、おおおッ」

急速に限界が迫ってくる。未亡人の膣粘膜に包まれたペニスが、今にも蕩けそうなほど気持ちいい。さらなる快感を得ようと、勢いよく腰を打ちつけた。

「あああッ、い、いいっ、すごくいいですっ」

「ぬおおおッ、も、もう出そうですっ」

これ以上は我慢できない。直樹はラストスパートの抽送に突入して、力強くペニスを抜き差しした。

「あぁッ、わ、わたしも、あああッ、イ、イキそうですっ」

亜矢の背中が汗ばみ、ググッと反り返る。膣が猛烈に締まり、太幹を思いきり締めつけた。

「ううぅッ、で、出るっ、おおおッ、おおおおおおッ！」

ついに最後の瞬間が訪れる。腰を打ちつけて、ペニスを根元までたたきこむ。膣襞が蠢き、カリの裏側までくすぐってきた。快感の嵐が吹き荒れて、たまらず雄叫びをあげながら欲望を解き放った。

「はあああッ、い、いいっ、ああああああああッ！」

亜矢もよがり声を響かせる。尻たぶに力が入り、笑窪（えくぼ）のようにぼっこりへこむ。それと同時にペニスを締めあげて、全身をガクガクと震わせた。

「す、すごいっ、くううッ」

射精している最中のペニスを、柔らかい媚肉で絞られる。その結果、尿道を駆け抜ける精液のスピードがアップして、快感が二倍にも三倍にもふくれあがった。

「も、もう、ダメ……」

絶頂に達して力が抜けたのか、亜矢の膝がくずおれそうになる。直樹は両手でしっかり腰を支えて、ペニスをより深くまで突き刺した。

「ひううッ」

亜矢の声が裏返る。もはや、まともな言葉を発することもできないらしい。ただ女体を震わせて、次から次へと押し寄せる快楽に酔いしれていた。

直樹も熱い媚肉がもたらす愉悦に浸りきっている。

まさか今日、若い未亡人と蔵のなかでセックスに興じることになるとは思ってもいなかった。

# 第三章　欲しがる熟れ妻

## 1

思いがけず未亡人と関係を持ったのは一昨日のことだ。

スコップをしまうため蔵に寄り、そこで亜矢に迫られた。未亡人の色香に惑わされて、夢中になって腰を振りまくった。

最高の快楽だったが、絶頂の余韻が冷めると気まずくなった。ふたりは無言で、そそくさと身なりを整えた。そして、直樹は弘美が戻るのを待つことなく、掘り返した箱を亜矢に託して帰宅した。

あの日の夜、弘美から連絡があった。

「どうして勝手に帰ったのよ」

直樹は雨に濡れたから風邪を引かないように、早めに帰ってシャワーを浴びたと答えた。亜矢が弘美になにを言ったのかはわからない。だが、まさかセックスしたことは口にしないだろう。

実際、雨に濡れたのは本当だ。まるっきり嘘ではないので、それ以上、突っこまれることなかった。

「例の物、受け取ったわよ。よくやったわね」

亜矢から箱を受け取ったらしく、弘美はさらりと褒めてくれた。

たったそれだけで、直樹は浮かれてしまう。我ながら単純だと思うが、やはり弘美に褒められるのはうれしかった。

「また手伝ってもらうわ。そのときは、こっちから連絡するから」

弘美は一方的に告げると電話を切った。

そう言われても仕事を疎かにはできない。昨日はビニールハウスで育てている苗の手入れをした。来月からの田植えで使う苗だ。大切な作業なので、急に呼び出されたらどうしようかと思っていた。

連絡があったのは夜になってからだった。

「明日の朝、うちに来て」

とてもではないが、断れる雰囲気ではない。直樹はなにも聞かず、ただ受け入れるしかなかった。

そして今、弘美の離れに向かっているところだ。

時刻は午前九時になろうとしている。一昨日は十時では遅かったようなので、一時間早くした。

雲ひとつない青空がひろがっているが、直樹の足取りは重かった。

(今日はなにをするんだろう……)

呼び出されただけで、どんな作業をするのか聞かされていない。

そもそも、お宝がなにかもわからないし、本当にあるのかどうかも疑わしいのだ。そんな物のために時間を割くより、本業に力を入れたい。今年は去年をうわまわる米を作りたかった。

そんなことを考えながら、田んぼ沿いの道を歩き、やがて弘美の離れに到着した。ドアをノックすると、すぐに足音が近づいてくる。そして、ドアが開いて弘美が顔をのぞかせた。

「いらっしゃい。おはよう」

今朝は上機嫌だ。どうやら、この時間で正解だったらしい。直樹は内心ほっと胸を撫でおろした。

「おはよう……」

爽やかな笑顔に惹かれて、思わず全身に視線をめぐらせる。

この日の弘美は白地に小花を散らしたスカートに、淡いピンクのセーターという服装だ。もともとスタイルがいいので、どんな格好をしても似合っていた。

「今日は出かけないの？」

「その前に打ち合わせよ。あがって」

「う、うん。お邪魔します」

うながされるまま、急いでスニーカーを脱いで離れにあがる。すると、見知らぬ女性がベッドに腰かけていた。

(誰だ？)

目が合ったのでとっさに会釈して、ローテーブルの前に座る。女性はにこりともせず、落ち着いた様子で頭をさげた。

(そういえば……)

ふと思い出す。弘美の知り合いが、東京から来ているはずだ。この女性がそうなのかもしれない。

眼鏡をかけているせいか、知的な雰囲気が漂っている。

濃紺のタイトスカートに白いブラウスを着ており、隣には濃紺のジャケットが置いてある。スカートの裾からは、ナチュラルベージュのストッキングに包まれた脚が伸びていた。

（なんか、堅そうな人だな……）

ぱっと見た感じ、苦手なタイプだ。

いかにもまじめそうで、冗談が通じない感じがする。下手なことを言うと、怒られそうな気がした。

「さっき話していた幼なじみの直樹です」

弘美はローテーブルを挟んで向かいに座ると、直樹を彼女に紹介する。

めずらしくあらたまった話し方なので、こちらまで緊張してしまう。そして、直樹にも彼女を紹介してくれた。

二宮麻里（にのみやまり）、大学の准教授で歴史民俗学の専門家だ。弘美の大学時代の知り合いで、同じサークルに入っていたという。

「麻里さんは三つ上の先輩なの」

弘美が三十歳なので、麻里は三十三歳ということになる。すでに結婚しており、夫は一般企業の研究職だという。

「わざわざ東京から来ていただいたのよ」

「それは遠いところから、どうも……」

一応、お礼を言っておいたほうがいいと思い、直樹はあらためて頭をさげた。

「弘美ちゃんから古文書の話を聞いて、興味が湧きました」

麻里は眼鏡のブリッジを指先で押しあげると、淡々とした声で語りはじめる。お宝の分け前が目当てではなく、知的好奇心が疼いたらしい。きっと根っからの研究者なのだろう。

「昨日は麻里さんに古文書を詳しく解読してもらったわ。それと例の箱に入っていた物もね」

ローテーブルには、一昨日、掘り出した箱が置いてある。先ほどから目についており、気になっていた。

「なにが入ってたの？」

「直樹はまだ見てなかったわね。これよ」

弘美は箱の蓋を開けると、なかに入っている物を慎重に取り出した。

巻物のようだ。かなり汚れており、染みだらけになっている。木製の箱に収められて、土のなかに何年も埋まっていたのだ。蓋の隙間から入りこんだ土や雨の影響を受けたらしい。

「こんな状態で読めたの？」

「当たり前でしょ。麻里さんは専門家よ」

弘美はそう言ってにやりと笑う。

なにか有力な情報が記載されていたのではないか。いよいよ、お宝の隠し場所がわかったのかもしれない。

「なにが書いてあったんですか？」

直樹は思わず前のめりになり、麻里の顔を見やった。

気づくとワクワクを抑えられなくなっていた。最初は半信半疑だったが、歴史民俗学の専門家である麻里が現れたことで信憑性が増していた。分け前にはそれほど期待していないが、お宝の正体を知りたかった。

「もしかして、お宝がなにかわかったんですか？」

「古文書に記されていた価値のある物が、具体的になにかというのは巻物にも書いてありませんでした。でも、どこにあるかの見当はつきました」

麻里の口調はやはり淡々としている。お宝のある場所がわかったのは大きな進展だと思うのだが、彼女はあくまでも冷静だった。

「じゃあ、それを今から探しに行くんですね」

直樹はそう言って、麻里と弘美の顔を交互に見た。

また、どこかを掘り返すのかもしれない。そのために呼び出されたのだろう。自分の役割はわかっているつもりだ。乗りかかった船というやつだ。ここまで来たら、最後まで行くしかない。

「でも、ひとつ問題があります」

麻里が抑揚のない声で告げた。

ローテーブルに置いてある巻物を手に取り、慣れた様子ですっと広げる。経年劣化なのか、やけに薄い文字が並んでおり、素人にはまったく読むことができない。そして、最後に地図が書いてあった。

「この地図が大雑把なのよね」

弘美が引き継ぎ、地図を指さした。

村の西側が描かれている。巻物が埋まっていた室岡家の裏にある山のようだ。その山の頂上あたりに丸印がついていた。

「どうやら、ここにあるらしいんだけど、きっと探すのは大変よ」

そう言われて納得する。

なにしろ目印になるものがない山中だ。この前のように、杉の大木や大きな岩があるとは限らない。まったくなにもなければ、捜索は困難を極めるだろう。

「場所のことは文章にもはっきり記されていません。それに価値のある物が、どのような状態で保管されているのかもわからないのです」

麻里が穏やかな声でつぶやいた。

「地面に埋まってるんじゃないんですか？」

直樹は思わず口を挟んだ。巻物が入っていた箱のように、どこかに埋まっているのだと思いこんでいた。

「もちろん、土中の可能性もありますが、洞窟に隠してあるかもしれないし、沼の底に沈められているのかもしれません。わからない以上、現地に行って確かめるしかないでしょう」

麻里の言葉には説得力がある。古文書と巻物からこれ以上の情報を得られないのなら、あとは行動あるのみだ。

「そういうことだから、さっそく行くわよ」

弘美が気合を入れて立ちあがる。

「ちょ、ちょっと待って、その格好で行くの?」

直樹は慌てて口を挟んだ。

それほど高い山ではないが、さすがにスカートでは登りにくいだろう。しかし、弘美はまったく聞く耳を持たない。

「時間がないわ。すぐに出発よ」

やけに気合が入っている。

お宝を見つけて東京に戻る資金にするつもりなので、意気ごみが違う。一攫千金を夢見て、弘美の瞳は輝いていた。

## 2

よく晴れた空の下、三人は村の西のはずれにある山の麓にいた。

「どこから入るのかしら」

弘美が山を見あげてつぶやいた。

整備された道はない。この山は虫があまり捕れないので、子供の遊び場ではない。山菜も茸もないので、大人が入ることもなかった。

もしかしたら、人目につかないように誰も寄りつかない山を選んで、お宝を隠したのではないか。そうだとしたら、意外と考えられている。慎重に隠してあるほど、見つけ出すのに時間がかかるだろう。

「このへんから適当に登るしかないですね」

直樹は先頭を切って山に入っていく。ここは男の自分が、率先して進むべきだと思った。

巻物の地図によると、目的の場所はおそらく山頂付近だ。とにかく上を目指すしかない。弘美も麻里もスカート姿だが、スニーカーを履いている。道はないが傾斜は緩やかなので、なんとかなるだろう。

頭上に木々の枝が張り出しており、日光が遮(さえぎ)られる。少しひんやりするが、山歩きには、これくらいのほうがちょうどいい。足もとには雑草が生えており、ところどころ滑る場所があった。

やがて体が温まり、じっとり汗ばんでくる。静まり返った山のなかに、三人の息づかいだけが響いていた。

「少し休憩しましょうか」

直樹は歩みをとめて振り返った。

十五分ほど経っただろうか。山は歩き慣れていないので、少し疲れた。弘美と麻里も息を切らしてた。

「半分くらいは登ったみたいですね」

麻里がスマホで撮影した巻物の地図を確認する。

スマホのマップと比較して、だいたいの場所を予想しているのだ。山のなかは目印になる物がなにもない。山頂付近がどうなっているのかわからないが、今のところは似たような景色がつづいていた。

そろそろ出発しようと思ったとき、スマホの着信音が響きわたった。

「あっ……ちょっと、ごめんなさい」

弘美が上着のポケットからスマホを取り出した。そして、麻里に断りを入れてから通話をはじめた。

「もしもし、わたしだけど――えっ、なんで」

なにやら不穏な空気が流れ出す。誰と話しているのか、弘美の表情がどんどん険しくなっていく。

「今、忙しいの。帰ってもらって」

声から苛立ち(いらだ)が伝わってくる。

「えっ……もう、わかったわ」

弘美はあからさまにため息をつくと電話を切った。

「麻里さん、ごめんなさい。今の電話、母からなんです。急で申しわけないんですけど、家に戻らないといけなくて……」

「なにがあったの？」

麻里がやさしく尋ねる。

通話の様子から、不測の事態が起きたのは間違いない。弘美がお宝探しを中断するとは、よほどのことだろう。

「別れた夫が、実家に来ているみたいなんです」

「今、お家にいるの？」

「そうなんです。じつは――」

弘美は苛立ちを隠すことなく語りはじめた。

離婚したのは自分の浮気が原因なのに、別れた夫は復縁を望んでいるという。弘美は聞く耳を持たなかったが、連絡もなしに実家に押しかけてきたらしい。そんな感じなので、両親がなにを言っても帰ろうとしないようだ。

「わたしに会わせろの一点張りみたいで……」

「弘美ちゃん、ひとりじゃ危ないわよ」

麻里が心配そうに語りかける。

別れた夫は思いつめているのではないか。東京から元妻の実家までやってくるとは普通ではない。直樹も横で聞いていて不安になってきた。

「俺も、いっしょに行くよ」

思わず口を挟むと、弘美は即座に首を左右に振った。

「直樹は麻里さんとお宝を探して」

「でも……」

「わたしなら大丈夫。今度こそ、きっぱり三下り半(みくだりはん)を突きつけてやるわ」

目つきが鋭くなっている。

お宝探しを邪魔されて、苛々が募っているに違いない。この様子だと、かなりの剣幕で別れた夫と対峙することになる。辛辣(しんらつ)な言葉を浴びせられた元夫は、二度と弘美の前に姿を見せなくなるだろう。

（なんか、大丈夫そうだな……）

それほど心配する必要はないかもしれない。弘美の両親もいるので、結局、元夫はおとなしく東京に帰ることになるだろう。

「麻里さん、すみませんけど、お願いします。直樹も、よろしくね」

弘美はそう言うと、せっかく登った山をおりていった。

「行っちゃいましたね」

直樹がつぶやくと、麻里は小さくうなずいた。

弘美がいなくなってふたりきりになると、急によそよそしい雰囲気になる。直樹と麻里はつい先ほど知り合ったばかりだ。打ち解けていない状態で宝探しをするのは気が重かった。

「俺たちも出発しましょうか」

とにかく、声をかけて山登りを再開する。麻里の歩調に合わせて、少し速度を落として登っていく。

「疲れたら言ってくださいね。すぐに休憩しますから」

「大丈夫です」

気を使って声をかけても、麻里は短くつぶやくだけだ。

話しかけられるのが迷惑なのだろうか。だが、無言で歩きつづけるのは、どうにも落ち着かなかった。

「方向、こっちで合ってますよね」

「わかりません」

やはり麻里の返事は素っ気ない。

巻物の地図は大雑把だ。聞かれても困るのはわかるが、会話がつづかないと、ますます気まずくなってしまう。

(なんか、やりづらいな……)

こちらから話しかけるべきだろうか。

しかし、もともと直樹は口数が多くない。きっと麻里も似たような感じだ。弘美がいる間はよかったが、ふたりきりになると会話が極端に減っていた。おそらく、彼女のほうから話しかけてくることはないだろう。

(なんか話題はないかな……)

この重い空気を少しでも和(なご)ませたい。直樹は悩んだすえに、歩調を緩めて背後の麻里に視線を向けた。

「弘美さんとは、大学のサークルで知り合ったんですよね」

思いきって話しかける。

　すると、麻里はとまどいの表情を浮かべた。突然、話題が変わって驚いたのかもしれない。

「なんのサークルだったんですか？」

　間を開けずに質問する。

「テニスです」

「へえ、意外ですね。麻里さんもテニスとかやるんですね」

「関係のない話はやめてもらえますか。周囲に気を配ってください。もうすぐ頂上ですから、どこかに目印があるかもしれません」

　麻里が早口でつぶやいた。

　空気を和ませたい一心だったが、逆効果だったらしい。お宝探しと関係のない話をしたことで苛つかせてしまった。

「す、すみません……」

　もう話しかけられる雰囲気ではない。場の空気はますます重くなっていた。

（失敗したな……）

　心のなかでつぶやき、無言で山を登っていく。

　口下手なくせに、コミュニケーションを取ろうとしたのが間違いだった。そもそも麻里は無言でも気にしていないかもしれない。それなら、無理に話しかける必要はないだろう。

ひたすら登りつづけて、ふいに開けた空間が現れた。

どうやら山頂に到着したらしい。山頂というのは狭い場所だと思っていたが、この山は違っていた。目の前には、平らで広い空間がひろがっている。まわりを木に囲まれているので、麓からはこんな広大な土地があるとはわからない。まったく予想外の光景だった。

麓からは三十分ほどかかっただろうか。思っていたより早く頂上についた。

しかし、高さが中途半端なので、とくに景色がいいわけでもない。眺望を楽しむのなら、ほかにも山はある。なにしろ村は山に囲まれているのだ。やはり村人がこの山に登る理由は見当たらなかった。

木に囲まれた広大な土地には、腰の高さほどある雑草が生い茂り、地面は自分の足もとしか見えなかった。

「なんですかね。ここ」

直樹は立ちどまり、慎重にあたりを見まわした。いかにも、なにかありそうな場所だった。

「奥のほうは、地面になにがあるのか見えませんね」

麻里が隣に立ち、広い空間に視線をめぐらせる。

横顔は真剣そのものだ。眼鏡のレンズごしに見える瞳が輝きを増していた。どうやら、彼女もここが怪しいと踏んでいるらしい。

「ちょっと進んでみましょう」

麻里が意を決したようにつぶやいた。

「でも、その格好だと……」

直樹のほうが躊躇する。

なにしろ、麻里は濃紺のタイトスカートにジャケットという軽装だ。スニーカーこそ履いているが、草むらのなかを歩くことは想定していなかった。

「端から調べましょう」

どうやら研究者の血が騒ぐようだ。もはや直樹の声など耳に入っていない。麻里は開けた土地の端に移動すると、雑草を踏みしめながら進んでいく。

自分の目で確認せずにはいられないのだろう。古文書に記されていた価値のある物がこの先にあるかもしれないのだ。相変わらず口数は少ないが、内心では盛りあがっているに違いない。

(それなら、俺も……)

直樹も奥に向かって歩きはじめる。

雑草を踏み倒していけば、時間はかかるが進むことができそうだ。巻物の地図で場所を特定できない以上、地道に探すしか方法はなかった。

「なにか変わったものを見つけたら教えてください」

麻里が雑草のなかを歩きながら語りかけてきた。

「地面に埋めてあるかもしれないし、岩に目印が刻まれているかもしれません。気になったものは、すべて報告してください」

先ほどまでとは一転して生き生きしている。歴史民俗学の専門家として、好奇心を抑えられなくなっているようだ。

直樹と麻里は横並びになり、雑草が生い茂る土地を奥に向かって進んでいく。麓より気温は低いが、それでも今日は天気がいいので暖かい。慎重に地面と周囲を確認しながら歩を進めた。

3

（そう簡単に見つからないか……）

いったん立ちどまると、腰に手を当てて体を反らす。地面を見ているので、どうしても前かがみになり、腰に疲労がたまっていた。

（あれ……どうしたんだ？）

そのとき、麻里の姿が目に入った。

すぐ隣で立ちどまり、前方を眺めている。いや、顔が前を向いているだけで、なにも見ていないのではないか。瞳がぼんやりしており、焦点が合っていない。呆(ほう)けたような表情で立ちつくしていた。

「麻里さん？」

直樹は遠慮がちに声をかけた。

しかし、麻里は聞こえていないのか反応しない。広い土地の奥から緩やかな風が吹き、彼女の黒髪を揺らしていた。

(んっ……なんだ？)

なにかの香りが鼻先をかすめる。

風に乗って流れてきたらしい。これまでに嗅いだことのない匂いだ。ハーブのようでありながら、花のような甘みもまざっている。この奥になにかあるのだろうか。不思議な香りに誘われて、無意識のうちに遠くへ視線を向けていた。

(なんにもないけど……)

いつしか頭の芯がジーンと痺れている。

体がふわふわした感覚に包まれて、思考がまとまらなくなってきた。遠くをぼんやり見つめたまま、なにも考えずに立ちつくしていた。

「直樹くん……」

誰かに名前を呼ばれた気がする。

ゆっくり顔を横に向けると、麻里がこちらを向いて立っていた。眼鏡の奥から、とろんと潤んだ瞳で見つめている。なぜか彼女の頬はピンク色に上気して、半開きになった唇からハアハアと吐息が漏れていた。

「ま、麻里さん……どうしたんですか？」

そう尋ねる直樹の息も乱れている。

(なんか、おかしい……)

頭の片隅で異変を感じるが、それを追及する気力は湧かない。

全身が熱くなっている。頭の芯はますます痺れて、なにやら下腹部がむずむずしていた。

「わたし、ヘンなんです」

麻里が歩み寄ってくる。

足もとがおぼつかなくて危なっかしい。目の前まで来ると、両手を伸ばして直樹の頬をそっと挟みこむ。そのまま顔を近づけて、いきなり唇を重ねてきた。

「直樹くん……ンンっ」

「ま、麻里さん……」

柔らかい唇が重なり、とまどってしまう。だが、それは一瞬のことで、直樹もごく自然に両手を彼女の腰に添えていた。

麻里が舌で唇をなぞってくる。唾液を塗りつけながら、くすぐるような動きだ。思わず唇を開くと、すぐさまヌルリと入ってきた。

「うむっ……」

直樹は呻くばかりで固まっている。

突然のことに驚きを隠せないが、拒むこともできない。なぜか欲望が高まり、気分が盛りあがっている。口のなかを舐められただけで、ゾクゾクするような感覚がひろがり、早くもペニスがふくらみはじめた。

「はああンっ」

麻里は甘く鼻を鳴らしながら、直樹の口のなかで舌を踊らせる。

歯茎をねちっこく舐めては、頬の内側もしゃぶりつくす。さらには舌先で上顎をなぞり、舌をからめとって唾液をすすりあげた。

(まさか、麻里さんがこんなこと……)

直樹は舌を吸われる快感に酔いながら、麻里の変化に驚いていた。

まじめ一辺倒で冗談も通じない研究者という印象だった。人との会話より、古文書や巻物の解読のほうが楽しいというタイプだ。なにより、麻里は既婚者だ。夫がいるのに、どうして直樹と濃厚なキスを交わしているのだろうか。

(でも、そんなことより……)

欲望が腹の底で燃えあがっている。

直樹は女体を抱き寄せると、腰をぴったり押しつけた。すでにズボンの前は大きくふくらんでいる。熱く滾(たぎ)るペニスを、服の上から彼女の下腹部に押し当てた。その状態で舌を伸ばして、柔らかい唇の狭間にねじこんでいく。

「あふっ……はふンっ」

麻里の甘い声がなおさら興奮を誘う。しっとりとした口腔粘膜を隅々まで舐めまわして、舌を思いきり吸いあげる。甘露のような唾液をすすっては、じっくり味わって嚥下(えんげ)した。

(あ、甘い……甘いぞ)

人妻の唾液を飲むことで、欲望はいよいよ抑えられないほど大きくなる。

ペニスはボクサーブリーフのなかでいきり勃(た)ち、大量の我慢汁を噴きこぼす。それを麻里の下腹部に押しつけているのだ。当然、彼女も気づいているが、いやがる素振りはいっさいない。それどころか、自分から身体を密着させていた。

「ああっ、直樹くん……」

唇を離すと、麻里が濡れた瞳で見つめてくる。

呼吸をハアハアと乱しており、彼女も欲情しているのは明らかだ。タイトスカートのなかで、内腿をもじもじと擦り合わせている。

「こっちに来てください」

麻里は直樹の手を取ると、脇の林のなかに入っていく。

もう古文書や巻物のことは頭にないらしい。つい先ほどまで熱心に調査していたのが嘘のようだ。表情は蕩けきっており、瞳も焦点が合わないままだ。欲望にまかせてキスする様子は、まるで別人かと思うほどだった。

だが、それは直樹も同じだ。宝探しに夢中だったが、今はどうでもよくなっている。それより燃えあがる欲望に身をまかせたい。勃起したペニスを、濡れた膣穴に突きこみたくて仕方なかった。

4

「ここに寄りかかってください」

麻里が濡れた瞳で語りかけてくる。

直樹は手を引かれて、一本の木の前に誘導された。そして、言われるまま、背中を幹に預けて寄りかかった。

昼の陽光が降り注ぐなか、麻里が目の前にしゃがみ、ベルトを緩めてズボンのボタンをむしり取る勢いではずす。さらにファスナーを引きさげると、ズボンとボクサーブリーフをまとめて膝までずりおろした。

とたんにペニスがブルンッと鎌首を振って跳ねあがる。そのとき、亀頭を濡らしていた我慢汁が、勢いよく飛び散った。宙に舞った我慢汁が麻里の顔を直撃する。そして、ピンクに染まった頬と眼鏡のレンズに付着した。

「ああっ……」

我慢汁を浴びても、麻里は喘ぐだけで拭おうとしない。それどころか、濃厚な我慢汁の匂いを嗅いで、うっとりした表情になった。

「この匂い……すごく濃いです」

鼻先を亀頭に寄せると、大きく息を吸いこんだ。

「普段はこんなことしないんです。でも、今は……はああンっ」

麻里の瞳がとろんと潤んでいる。

我慢汁の匂いを肺いっぱいに吸いこみ、息づかいがどんどん荒くなっていく。あの知的な麻里が、すっかり牝(めす)の表情になっている。そして、両手を太幹の根元に添えると、ピンクの舌先をのぞかせた。

「ううッ……」

次の瞬間、直樹は小さな呻き声を響かせる。

男根の裏側に、麻里の唾液を乗せた舌先が触れたのだ。根元のほうから裏スジをゆっくり這いあがる。触れるか触れないかの微妙なタッチで、ペニスに甘い刺激を送りこんできた。

「はああンっ」

「ま、麻里さん……」

股間を見おろせば、麻里がトロンとした瞳で見あげながら舌を動かしている。視線が重なることで快感が倍増して、我慢汁が次々と溢れ出す。それが裏スジを垂れ落ちると、麻里は唇を押しつけて吸いあげた。

「あふっ、おいしいです……あふンっ」

まるで飢えた牝だ。我慢汁をすすり飲むことで、ますます興奮している。カリ首にも舌を這わせて、グルリと一周した。

「うッ……ううッ」

直樹は呻くだけで、ペニスを舐められる快楽に酔っている。麻里がハアハアと呼吸を乱せば、熱い息が吹きかかって刺激になった。

（も、もっと……）

気持ちよくなることしか考えられない。

お宝のことを忘れたわけではないが、今は優先順位がさがっている。体が快楽を欲しており、ペニスはさらに硬さを増していく。竿には血管が稲妻状に浮かび、亀頭はぶっくり膨張した。

「すごく硬いです……ンンっ」

麻里は顔を傾けると、太幹を横から咥える。そしてハーモニカを吹くように、根元から先端へと唇を滑らせていく。

「くッ……ううッ」

快感の波が押し寄せて、唇がカリに触れると体がビクッと反応する。新たな我慢汁が溢れ出すが、まだ亀頭は咥えてくれない。唇は根元までさがり、再びじわじわと先端に向かって移動する。

「うッ……うッ……」

「ああンっ、おいしい……直樹くんのオチ×チン」

麻里もかなり興奮している。たまらなそうにつぶやくが、それでも亀頭は咥えることなく、竿ばかりを焦らすように舐めまわす。さらには脚の間に潜りこむようにして、陰嚢(いんのう)にも舌を這わせてきた。

「そ、そこは……」

「ンンっ……いい匂い」

山を登ってきたので蒸れているはずだが、麻里はうれしそうに皺袋をしゃぶっている。ついには口に含んで睾丸を転がすと、竿に指を巻きつけてシコシコとやさしく擦り立てた。

「くううぅッ」

快感が一気に高まり、我慢汁の量がいっそう増える。直樹は背後の幹に体重を預けて、股間を突き出す格好になっていた。

「あふっ……あふンっ」

麻里は夢中になって陰嚢をしゃぶっている。

睾丸をひとつずつ口に含んでは、交互にクチュクチュと転がされる。その間、指では竿をずっとしごいているのだ。快感の波が次から次へと押し寄せて、いつしか射精することしか考えられなくなっていた。

「おおッ……も、もうっ」

両手の爪を木の幹に突き立てる。膝に生じた震えが、瞬く間に全身へとひろがっていく。頭のなかが熱くなり、目に映る景色がどぎつい赤に染まった。

「あンっ……まだダメです」

麻里は睾丸から唇を離すとつぶやいた。

「そ、そんな……」

限界まで高まった射精欲を突き放されて、情けない声を漏らしてしまう。

するると、麻里は口もとに妖艶な笑みを浮かべる。そして、亀頭に唇をかぶせて、ペニスを根元まで呑みこんだ。

「あふンンっ」

「おおおッ、ま、麻里さんっ」

熱い口腔粘膜に包まれると同時に、強烈な快感がひろがった。

「ンっ……ンっ……」

麻里がさっそく首を振りはじめる。柔らかい唇が、鉄のように硬くなった肉竿の表面を擦りあげた。

「おおッ……おおおッ」

直樹はもう唸ることしかできない。彼女の唾液と我慢汁がまざり、ペニス全体に塗り伸ばされる。そこを唇でヌプヌプと擦られて、全身の毛が逆立つような愉悦に襲われた。

「あむッ……はふッ……あふンッ」

麻里の甘い声も射精欲を刺激する。

首の振り方が激しくなり、まるで壊れた蛇口のように我慢汁が溢れ出す。麻里は上目遣い(うわめづか)に直樹の顔を見つめながら、唇でペニスをしごきまくった。

「ううッ、で、出るっ、ぬおおおおおおおッ！」

こらえきれない咆哮を響かせる。まっ昼間に屋外でペニスをしゃぶられて、思いきり精液を噴きあげた。

射精の最中も麻里は首を振り、頬が窪むほど吸茎する。凄まじい勢いでザーメンが吸い出されて、腰がガクガク痙攣するほどの快感がひろがっていく。頭のなかがまっ白になり、雄叫びをあげながら精液を放出した。

「あンンっ……はンンンっ」

麻里はペニスを咥えたまま、くぐもった声を漏らしている。

注がれるそばからザーメンを飲みくだし、さらなる射精をうながすように舌先で尿道口を執拗に舐めまわす。射精が終わってもペニスを吐き出すことなく、うっとりした表情を浮かべていた。

5

（どうして、こんなに……）

直樹は己の股間を見おろして、心のなかで困惑の声を漏らした。

大量に射精したはずなのに、なぜかペニスは萎えることなくギンギンにそそり勃っている。亀頭は張りつめて、竿には太い血管が浮かんでいるのだ。力を失うどころか、逞しさを増している気さえした。

「ああっ、まだこんなに……」

目の前に立っている麻里が、喘ぐようにつぶやいた。

視線は直樹のペニスに向いている。念入りにしゃぶったことで唾液がたっぷり付着して、ヌラヌラと光っていた。

「まだまだ、できそうですね」

麻里はジャケットを脱ぐと、ブラウスのボタンを上から順にはずしていく。

前がはらりと開いて、乳房を覆っている白いブラジャーが露になる。麻里は歴史民俗学の准教授であり人妻だ。そんな彼女が野外で息を乱しながらブラウスを脱ぎ、背中に手をまわしてブラジャーのホックをはずす。

「はンっ……」

麻里が小さな声を漏らすと同時に、大きな乳房がカップを押しのけてプルルンッとまろび出た。

どうやら、小さめのブラジャーで押さえつけていたらしい。解放された双つの柔肉は、下膨れした釣鐘形で白くてたっぷりしている。乳首は濃い紅色で、すでに硬く屹立していた。

(こ、これが、麻里さんの……)

直樹は思わず腹のなかで唸った。

いかにも研究者といった見た目からは想像がつかない大きな乳房だ。乳首が充血してとがり勃っているのも、牡の劣情を刺激する。直樹はほとんど無意識のうちに手を伸ばして、重たげに揺れる乳房を揉みあげた。

(こ、こんなに柔らかいのか……)

指がいとも簡単に沈みこんでいく。

弘美と亜矢も柔らかかったが、麻里の乳房は今にも溶けてしまいそうだ。プリンを素手でつかんでいるようで、いくら揉んでも飽きることがない。直樹は瞬く間に夢中になり、柔肉をねちっこくこねまわした。

「はああンっ……」

麻里の唇からせつなげな声が溢れ出す。

断りなく乳房に触れたのに、まったくいやがる様子はない。それどころか、瞳をとろんと潤ませて、腰を右に左にくねらせる。その姿が悩ましくて、直樹はますます引きこまれてしまう。

「ああっ、直樹くん……」

麻里が喘ぎまじりに語りかけてくる。

ペニスをしゃぶったことで興奮したのだろうか。いや、その前から興奮していたから、直樹に迫ってきたのではないか。いずれにせよ、麻里が欲望を抑えきれなくなっているのは明らかだ。

(さ、触りたい……もっと……)

直樹の興奮も高まっている。

両手で乳房を揉みながら、指先を徐々に先端へとずらしていく。そして、双つの乳首を同時にキュッと摘まみあげた。

「あンッ」

瞬間的に女体が硬直する。麻里は眉を八の字に歪めて、半開きの唇から甘い声を振りまいた。

乳首はグミのように硬くなっている。直樹は弾力を楽しみながら、人さし指と親指で、双つの乳首を摘まんでクニクニと転がした。

「あっ……あっ……」

切れぎれの喘ぎ声が青空の下で響いている。昼の陽光が降り注ぐなか、麻里はたっぷりした乳房を揺らしながら感じていた。

(どうせなら……)

もっと感じさせたい。三十三歳の人妻を快感で喘がせたい。自分の手で、もっともっと悶えさせたい。

直樹のなかで欲望が勢いを増して燃え盛る。勃起したままのペニスの先端から、大量の我慢汁が溢れて地面に滴り落ちていた。かつてないほど興奮して、もはや自分を抑えられなくなっていた。

「麻里さん、こっちに……」

麻里の手を引き寄せて、場所を入れ替える。先ほどまで直樹が寄りかかっていた木に、今は麻里が背中を預けていた。

「なにを……」

「今度は俺が感じさせてあげます」

直樹はその場でしゃがみこむと、彼女の片脚を持ちあげて自分の肩にかける。すると、太腿でタイトスカートの裾を押しあげることになり、ストッキングに包まれた股間が露出した。

「あっ、ま、待ってください」

予想外の出来事に、麻里がとまどいの声を漏らす。片脚立ちの状態でふらつき、両手を背後にまわして木の幹をつかんだ。

ナチュラルベージュのストッキングに白いパンティが透けている。片脚を持ちあげているので、股間の奥まで剝き出しだ。愛蜜がパンティに染みを作っており、さらにはストッキングまでぐっしょり濡らしていた。

「す、すごい、こんなに……」

直樹は吸い寄せられるように顔を近づけていく。そのまま鼻先を濡れたストッキングの股間に押し当てると、クチュッという湿った音が響きわたった。

「あぁっ、ダ、ダメです」

麻里が羞恥の声を漏らすが、抵抗するわけではない。後ろ手に木の幹をつかんだ体勢で、腰を悩ましくよじるだけだ。

もっと反応させたくて、鼻先をグリグリ押しつける。すると、予想どおり麻里の喘ぎ声が大きくなった。

「そ、そんな……はあぁッ」

「すごく濡れてます。麻里さんのここ」

直樹は両手の指で、ストッキングの濡れた股間の部分を摘まみあげる。そして、欲望にまかせて爪を立てた。

「あああッ」

化学繊維の裂けるビリリッという音と、麻里の悲鳴にも似た声が重なった。

ストッキングに穴が開いたことで、蒸れた女の匂いが濃厚に溢れ出す。甘酸っぱい牝の芳香が、牡の劣情をこれでもかと煽り立てる。

「ま、麻里さんっ、うむううッ」

直樹は獣のように唸り、パンティの濡れた股間にむしゃぶりついた。

「ああッ、あああッ」

麻里は木に寄りかかったまま、腰を小刻み震わせる。パンティごしに女性器を刺激されて、喘ぐだけになっていた。

(も、もっと……もっとだ)

パンティの股布を横にずらすと、濡れそぼった陰唇が露になる。濃い紅色で割れ目が微かに開き、透明な汁がジクジク湧き出していた。

「うむむッ」

目にするなり口を押し当てる。愛蜜をすすりあげると、舌を伸ばして柔らかい女陰を舐めまわす。

「ああッ、な、直樹くんっ、はあああッ」

麻里は両手を伸ばすと、直樹の頭を抱きかかえる。

背中は木の幹に預けたまま、股間を突き出すような格好だ。舌で恥裂を舐めあげるたび、愛蜜が溢れ出す。直樹は舌先を女陰の狭間に浅く沈めて、奥から手前へとゆっくり滑らせた。

「はうううッ」

ふいに麻里の反応が大きくなった。

どうやら恥裂の上端にあるクリトリスに触れたらしい。その瞬間、女体がビクンッと大きく仰け反った。舌の上に小さなポッチが乗っている。唾液を塗りつけるように転がせば、麻里は股間をはしたなく突き出した。

「あああッ、そ、そこは……ああああッ」

喘ぎ声が響きわたり、愛蜜の量がどっと増える。

硬くなったクリトリスを集中的に転がしては、唇を密着させてジュルジュルと執拗に吸い立てた。

「そ、そんなにされたら……はああッ、ダ、ダメっ」

麻里の声がいっそう大きくなる。両手で直樹の髪をかきむしり、肩に乗せあげた脚が宙でピンッと伸びた。

「あああッ、も、もうっ、もうダメですっ、あぁあああああッ！」

女体が感電したように痙攣する。いっそう艶めかしい声がほとばしり、山の澄んだ空気を震わせた。

屋外でクリトリスを舐めしゃぶられて、ついに人妻が絶頂へと昇りつめたのだ。愛蜜を大量に垂れ流し、股間を突き出しながら快楽に酔いしれている。まじめな研究者とは思えない淫らな姿だ。

直樹は股間から口を離すと、木に寄りかかっている麻里を見あげた。

ペニスはいきり勃ったままで、大量の我慢汁を垂れ流している。フェラチオで大量に射精したのに、どういうわけか興奮状態が持続していた。しかも、これまでにないほど高揚しており、もう自分を抑えられなかった。

6

「麻里さんっ」

直樹は立ちあがるなり、麻里の片脚を脇に抱えこむ。そして、パンティの股布の脇から剝き出しになっている女陰に、張りつめた亀頭を押し当てた。

「はうンッ」

先端をほんの少し沈めただけで、麻里の顎が跳ねあがる。

欲望のまま腰を押しつけて、亀頭をズブズブと埋めこんでいく。カリで膣壁を擦りあげながら、太幹を根元まで挿入した。

「ああァッ、す、すごいですっ」

麻里が潤んだ瞳で見つめてくる。両手を直樹の腰に添えて、自ら股間を押しつけてきた。

「くうッ……う、動きますよ」

熱い膣粘膜がペニスを包みこみ、咀嚼するように蠢いている。無数の濡れ襞が、硬い肉棒の表面を這いまわるのがたまらない。右手で彼女の脚を抱えて、左手で腰をつかむと、ペニスの抜き差しを開始する。

「あっ……あっ……」

麻里の唇から切れぎれの喘ぎ声が溢れ出す。

下から突きあげるようなピストンで、女壺のなかをかきまわす。深い場所まで亀頭を突き入れれば、膣道全体がうねりはじめる。うねる膣襞が太幹にからみつき、強烈に収縮した。

「おおッ……おおおッ」

自然とピストンスピードがアップして、ペニスを力強く出し入れする。

もう気持ちよくなることしか考えられない。ペニスを勢いよく突き入れて、女壺の深い場所を刺激した。

「ああッ、い、いいっ、あああッ」

麻里の悶え方が大きくなる。

ペニスが一往復するたび、膣の締まりが強くなっていく。愛蜜の量もどんどん増えて、女壺のなかはヌルヌルだ。快感は際限なくふくらみ、たまらずペニスを勢いよくたたきこむ。

「あああッ、つ、強いですっ」

麻里が眉を歪めて訴える。

だが、いやがっているわけではない。快感が強すぎてとまどっているだけだ。その証拠に腰を悩ましげによじり、自ら積極的に股間を突き出している。膣が猛烈にうねり、男根をグイグイ締めつけた。

「す、すごいっ……うううッ」

直樹は呻き声を漏らしながら腰を振る。快感が快感を呼び、ピストンにますます力が入った。

「ああッ、も、もうっ、はあああッ」

麻里の身悶えが大きくなる。

双つの乳房が波打ち、無意識のうちに視線が吸い寄せられる。乳輪まで充血して盛りあがり、乳首は硬くとがり勃つ。まるで愛撫をねだっているようで、直樹は思わずむしゃぶりついた。

「ま、麻里さんっ、うむむッ」

「あンンっ、そ、そんなことまで……はああンっ」

男根を抜き差しされながら、乳首を舌で転がされる。刺激が強くなったことで、麻里は全身を小刻みに痙攣させた。

「あううぅッ、も、もう……」

両手を直樹の背中にまわして、女体を仰け反らせる。その直後、膣がキュウウッと収縮した。

「あああぁッ、も、もうダメっ、はああああああッ！」

喘ぎ声を振りまき、全身に凍えたような震えが走り抜ける。

どうやら、絶頂に達したらしい。彼女の両手の爪が、直樹の背中に食いこんだ。その痛みで射精欲を抑えると、ピストンをさらに加速させる。

「おおおッ、おおおおッ」

「ま、待ってくださ――ひあああぁッ」

麻里の喘ぎ声が裏返る。

昇りつめた直後だが、容赦なく男根を打ちこんでいく。亀頭を膣道の深い場所まで挿入しては、抜け落ちる寸前まで後退させる。それを高速でくり返せば、麻里はヒイヒイ喘ぎ出す。

「あああッ……あああぁッ」

もはや麻里は喘ぐだけになっている。意味のある言葉を発する余裕もなく、半開きになった唇の端から透明な涎(よだれ)がツツーッと垂れ落ちた。

「くううッ、お、俺も、もうすぐ……」

直樹の射精欲も限界に達しようとしている。快感が快感を呼び、頭のなかが熱く燃えあがっていく。

「あああッ、イ、イクッ、イクイクッ、あぁああああああッ！」

またしても麻里が昇りつめる。絶頂をはっきり口にすると、熟れた女体が激しく痙攣した。

「おおおッ、で、出るっ、おおおッ、ぬおおおおおおおッ！」

ついに直樹も欲望を解き放つ。ペニスを根元まで突き刺し、獣のような咆哮を振りまいた。精液が勢いよく尿道を駆け抜けて、先端から噴きあがる。目の前の光景がまっ赤に染まり、全身の毛が逆立つような快感だ。

それでも、直樹は執拗に腰を振りつづける。麻里も涎を垂らしながら、股間をクイクイしゃくりあげていた。

かつて経験したことのない愉悦が全身に蔓延(まんえん)している。なぜか射精している最中でも、欲望は収まるどころか激しさを増していく。ペニスはまだ萎えずに、膣のなかで硬さを保っていた。

ゆるやかに吹く風に乗って、ハーブのような香りが流れてくる。甘ったるい匂いを嗅ぎながら、直樹は股間をグイッと突きあげた。

「あうッ……す、すごいです」

麻里が焦点の合わない瞳でつぶやき、下半身をぶるるっと震わせる。

女壺はペニスをしっかり咥えこんだまま離さない。膣口が思いきり収縮して、太幹にめりこんでいた。

「ううッ、き、気持ちいい……ま、麻里さんっ」

直樹は休むことなく腰を振りはじめる。

どうしてこれほど興奮するのだろう。わけがわからないまま、またしても快楽に呑みこまれていく。たっぷり放出したザーメンが、膣のなかでグチュグチュと卑猥な音を響かせる。

「ああッ……ああッ……ま、またっ」

麻里の声が瞬く間に高まり、両腕を直樹の首に巻きつける。より深い結合を求めるように、股間をぴったり寄せていた。

「おおッ、おおおおッ」

雄叫びをあげて腰を振る。欲望が頭のなかを埋めつくし、さらなる快楽だけを求めていく。全身汗だくになって、とにかく一心不乱にペニスを抜き差しした。

「い、いいっ、気持ちいいですっ」

「ううッ、気持ちいいっ、気持ちいいっ」

立ったまま抱き合い、ディープキスを交わして腰を振る。昼の陽光が降り注ぐ屋外で、ふたりとも昇りつめることだけ考えていた。

「あああッ、ま、また、またイキそうですっ」

「お、俺も……くおおおッ」

麻里が訴えると、直樹は勢いをつけてペニスを突きこんだ。

「はあああッ、イクイクッ、イックうううッ！」

「おおおッ、出る出るっ、ぬおおおおおおッ！」

ふたり同時に絶頂の声を響かせる。女壺が猛烈に締まり、男根の先端から白濁液が噴き出した。

抜かずの連射など、これがはじめてだ。

昇りつめるほどに快楽が大きくなっている。麻里は股間からプシャアアアッと透明な汁をほとばしらせる。直樹も涎を垂らしながら、ペニスが蕩けそうな激しい快楽に酔いしれた。

麻里の身体がガクガクと痙攣する。その直後、まるで糸が切れた操り人形のように脱力した。ペニスが抜けて倒れかかってくる。直樹は女体を抱きとめると、そのまま草の上に倒れこんだ。

もはや、ふたりに言葉はない。ただ乱れた呼吸の音だけが響いている。

頭のなかがまっ白で、もうなにも考えられない。眩い日の光が降り注ぐなか、凄まじい絶頂の余韻に浸っていた。

# 第四章　山小屋に響く嬌声

## 1

直樹は耕運機に乗り、田んぼを耕していた。

春の土作りは、米の出来を大きく左右する大切な作業だ。ところが、直樹は今ひとつ集中力を欠いていた。

耕運機を畦道に寄せると、エンジンを切って休憩する。

首にかけたタオルで額の汗を拭い、大きく息を吐きながら空を見あげた。気持ちのいい青空がひろがっているが、直樹の心はどんより曇っていた。

(どうして、あんなことに……)

一昨日のことが頭から離れない。

直樹と弘美と麻里の三人で山に登った。古文書と巻物の情報に従い、お宝を探しに行ったのだ。ところが、弘美は実家から連絡があり、途中で山を降りた。そして、直樹と麻里はふたりで捜索をつづけた。

（あのとき、俺たちも山をおりていれば……）

思い返すと、胸のうちに後悔の念が湧きあがる。それと同時に、強烈な愉悦の記憶がよみがえった。

山頂で雑草のなかを進んでいると、なぜか麻里が迫ってきたのだ。

麻里とは知り合ったばかりだが、まじめな研究者という印象だった。取っつきにくい感じがしたので、よけいな会話はやめていた。それなのに、彼女のほうから誘ってきた。

直樹は困惑しながらも受け入れてしまった。麻里が既婚者だというのはわかっていたが、なぜかあのときは拒絶できなかった。

（しかも、あんなに何回も……）

今にして思うと、夢だったような気もしてくる。

ふたりは延々と腰を振り合って、何度も絶頂に達した。異常なほどの興奮で、射精してもペニスは硬度を保ったままだった。

どうして、あれほど高揚したのか、いまだにわからない。何度射精しても収まる気配がなかった。麻里が力つきなければ、まだセックスをつづけていたかもしれない。

なかった。

それほどまでに昂（たかぶ）っていた。

セックスが終わった後、ふたりはしばらく雑草の上に寝転がったままだった。呼吸が整うと、そそくさと身なりを整えた。もう、お宝の捜索をつづける気分ではなかった。

「今日はここまでにしましょう」

麻里が視線を合わせることなくつぶやいた。

気づくと時刻は午後三時すぎだった。少し早い気もしたが、いつの間にか雲が出て日が翳（かげ）っていた。風が冷たくなっていたので、本格的に寒くなる前に下山したほうがいいと思った。

直樹も同意して山を降りた。いっさい言葉を交わすことなく、ふたりの間には気まずい空気が漂っていた。

弘美の家が見えてくると、麻里が急に立ちどまった。そして、深刻そうな顔で口を開いた。

「直樹くん……さっきのことだけど……」

最後まで言わなくても、彼女の思っていることは伝わった。

「弘美さんには黙っています。俺、全部、忘れます」

直樹は自分に言い聞かせるようにつぶやいた。

あれはなにかの間違いだ。なぜ麻里は迫ってきたのか。どうして、直樹もあれほど興奮したのか。わからないことばかりだが、肉欲にまかせてセックスしたのは紛れもない事実だ。そんなことを弘美に言えるはずがなかった。

あのあと、弘美に会うときは緊張した。

平静を装うのに苦労したが、弘美は別れた夫と対峙したあとで興奮状態だった。三下り半を突きつけて、東京に追い返した直後だったらしい。こちらの様子を気にする余裕はなかったので助かった。

簡単に報告をすると、直樹は逃げるように帰宅した。

昨日もお呼びがかかったが、仕事を理由に断った。そして、今朝も弘美から電話があったが、田んぼを耕すと告げていた。

さすがに麻里と顔を合わせづらい。あれほど激しいセックスをしたのだ。きっと麻里も直樹に会いたくないだろう。できることなら、このまま宝探しから離脱したかった。

「なにさぼってるのよ」

ふいに背後から声が聞こえた。

はっとして振り返ると、畦道に弘美の姿があった。腰に手を当てて、まっすぐこちらを見つめている。まるで内心を見透かされているようで、直樹はおどおどと視線をそらした。

「きゅ、休憩してるだけだよ」

動揺をごまかそうとして、ついぶっきらぼうな口調になってしまう。言った直後にまずいと思ったが、今さら取り消すことはできない。

「冗談よ。本気にしないでよ」

弘美はそう言って、朗（ほが）らかに笑った。

「忙しそうね」

思いのほか、穏やかな声で語りかけてくる。

宝探しを二日連続で断ったので、てっきり怒っていると思っていた。ところが、微笑を浮かべているので拍子抜けしてしまう。

「やっぱり直樹は男ね。一昨日、山に登って捜索してくれたでしょう。麻里さんは筋肉痛になって大変なのよ」

「へ、へえ……」

額に汗がじんわり滲んだ。

じつは、直樹も全身が筋肉痛になっている。だが、それは宝探しをしたからではなく、激しいセックスの代償だ。あれほど無我夢中で腰を振ったのだから、疲れが残っていて当然だった。

「麻里さんには、もう一度、古文書と巻物をチェックしてもらったけど、とくに新しい情報はないの」

「そ、そうなんだ……」

「それで、明日には捜索を再開したいんだけど、直樹の都合はどう？」

ふいに問いかけられて、思わず弘美の顔を見やった。

——俺はもう辞める。

喉もとまで出かかった言葉を寸前で呑みこんだ。

思いのほか目力が強い。口調はやさしいが、強要するような雰囲気がある。弘美はあえて口にしないが、彼女とセックスしたことを忘れたわけではない。まっすぐ見つめられて、直樹は頬の筋肉をひきつらせた。

「もちろん、大丈夫よね？」

念を押すように言われると、とてもではないが断れない。直樹はおどおどと視線をそらしてうなずいた。

「あ、明日なら……」

そうつぶやくしかなかった。

「じゃあ、明日の朝、うちに来てね。待ってるから」

弘美は当然のように言って背を向けた。

もしかしたら、直樹が辞めようとしていたことをわかっていたのではないか。だから、電話ではなく、わざわざ足を運んだのかもしれない。彼女の後ろ姿を見ていると、そんな気がしてならなかった。

## 2

翌朝、約束したとおり直樹は弘美の離れを訪れた。

麻里と顔を合わせるのは気まずいが、こうなったら仕方がない。できるだけ早くお宝を見つけて、捜索を終わらせるしかなかった。

覚悟を決めると、離れのドアをノックする。すると、待ち構えていたようにドアが勢いよく開いた。

「おはよう」

弘美がすぐ外に出てくる。

今朝はジーパンに赤いチェックのシャツを着て、その上に薄手のジャンパーを羽織っている。山での捜索に備えた格好だ。ジーパンは肌にフィットするタイトなデザインで、むっちりした太腿の曲線が浮き出ていた。

「今日は絶対に見つけるわよ」

弘美はスコップと重そうなリュックを持っている。山頂の様子を麻里から聞いているらしく、準備は万端だった。

「う、うん……」

直樹はかろうじてうなずくが、弘美のやる気に圧倒されてしまう。本気でお宝を見つけるという気持ちが伝わってきた。

「これ、直樹が持って」

弘美にスコップとリュックを差し出されて受け取った。

リュックのなかには鎌や枝切り鋏、ノコギリなどが入っている。荷物運びは直樹の役目だ。わかりきっているので文句はない。こういう雑用や力仕事のために、弘美は直樹を仲間に引き入れたのだ。

リュックを背負った直後、麻里も姿を現した。やはりジーパンを穿いて、薄手のジャンパーを着ている。

「おはようございます」

麻里は何事もなかったようにつぶやいた。

だが、眼鏡のレンズごし見つめてくる瞳にとまどいの色が滲んでいる。やはり、先日のことを気にしているのだろう。

「お、おはようございます」

直樹も懸命に平静を装って挨拶する。

あれは一度きりのことだとわかっている。あの日はふたりとも、どうかしていたのだ。なにより、弘美に動揺を悟られるわけにはいかない。麻里ともセックスしたとバレたら、気まずくなるのは間違いなかった。

「さっそく行きましょう」

弘美が気合を入れて歩きはじめる。頭にあるのはお宝のことだけで、こちらの様子などまったく気にしていなかった。

（なんとか大丈夫そうだな……）

直樹は内心ほっと胸を撫でおろして弘美につづいた。

麻里も黙ってついてくる。だが、表情が冴えないのが気になった。直樹とセックスしたことを後悔しているのか、それとも単純に疲労が抜けていないのか。いずれにしても元気がなかった。

とにかく、三人は黙々と歩き、やがて山の麓に到着した。

「俺が先頭を行くよ」

ここからは男の自分が前を歩くべきだろう。直樹は自ら名乗り出ると、先頭にまわった。

「じゃあ、わたしたちは直樹についていくわ」

弘美はそう言うと、あっさりうしろにさがる。そして、お願いとばかりに直樹の尻をポンッとたたいた。

「では、出発します」

直樹は女性陣に合わせて、ゆっくり山を登りはじめる。

二度目なので、それほど不安はない。頂上までの道のりも、どれくらい時間がかかるのかもわかっている。弘美と麻里の様子を気にかけて、速度を調整しながら登っていく。

「ちょっと休憩しましょうか」

直樹は振り返って声をかけた。

弘美はやる気に満ちているので、瞳を輝かせている。しかし、麻里の様子がおかしかった。やけに息が切れており、顔色も悪くなっている。体調を崩しているのは明らかだ。

「麻里さん、大丈夫ですか?」

すぐに弘美が声をかける。だが、麻里は木の根元に座りこみ、つらそうに荒い呼吸をくり返す。

「無理をしないほうがいいですよ」

「え、ええ……ごめんなさい」

麻里が弱々しい声で答える。

そういえば、筋肉痛がひどいという話だった。やはり体調がすぐれないのかもしれない。ここは無理をせずに引き返すべきだろう。

「今日は中止にしましょう」

直樹は思いきって提案する。麻里は山を登れる体調ではない。だからといって、ここからひとりで帰すのも不安だった。

「ふたりで行ってください」

麻里は顔をあげると、直樹と弘美の顔を交互に見やる。そして、ふらりと立ちあがった。

「わたしなら、ひとりで帰れます」

「でも、なにかあったら……」

弘美が引きとめようとするが、麻里はそれを手で制した。

「大丈夫よ。弘美ちゃんは予定どおり、宝探しを続けて。今日、見つかるといいわね」

体調がすぐれないのに、無理をして笑みを浮かべてみせる。麻里は後輩思いのやさしい女性だった。

「麻里さん……」

「わたしは先に戻っています。報告を楽しみにしてるわね」

麻里はそう言って下山をはじめた。

自分のせいで、捜索が遅れるのを気にしている。途中で中断するのは申しわけないと思っているのだろう。

直樹と弘美は、麻里の後ろ姿をしばらく見つめていた。意外と足取りはしっかりしている。この様子なら、ひとりで麓までおりることができるだろう。あとは平地なので、弘美の家まで戻るのは問題ないはずだ。

「ここから先はふたりね」

弘美が気持ちを切り替えた様子で語りかけてくる。

「うん、行こう」

直樹も気合を入れ直して答えた。

麻里は捜索が遅れることを気にして、ひとりで山をおりたのだ。その気持ちを無駄にはできなかった。

再び山を登りはじめる。すでに半分まで来ていたので、休憩せずに一気に頂上を目指す。弘美は気合が入っているため、遅れずについてくる。どんどん登っていくと、ふいに視界がぱっと開けた。

「到着……」

直樹は大きく息を吐き出すと、額に滲んだ汗を手の甲で拭った。

とりあえず頂上に到着した。目の前には、三日前と同じく雑草が生い茂る土地がひろがっている。この広大な空間のどこかに、お宝が隠されているに違いない。巻物の地図が示しているのは、山の頂上であるここだった。

「麻里さんから聞いていたけど……」

弘美が周囲を見まわして驚きの声を漏らす。

山の頂上にこんな土地がひろがっているとは、実際に登ってみなければわからないことだった。

「このどこかに、お宝があるのね。それで、前回はどこまで調べたの？」

弘美が前のめりに尋ねてくる。

休憩する間も惜しんで、捜索を開始するらしい。お宝に近づいていることを実感して、見るからにテンションがあがっていた。

「あそこの草が倒れているあたりかな……」

直樹は指を差しながら草むらのなかを進んでいく。

先日、麻里といっしょに草を踏みしめながら歩いた。倒れた草はそのままになっており、ふたりが調べた場所がひと目でわかった。

「これしか調べてないの？」

弘美が不思議そうに首をかしげる。

「ふたりで何時間もかかって、たったこれだけ？」

見つめてくる瞳に疑念の色が浮かんでいた。

確かに捜索した時間の割りに、進んだ範囲が狭すぎる。セックスしていた時間のほうが長いのだから、こうなるのは当然の結果だった。

「と、途中、何回も休憩したんだよ。あの日、はじめて登ったから、勝手がわからなくて疲れてたんだ」

直樹は懸命に平静を装って説明した。

自分でも苦しい言いわけだと思う。だが、本当のことは口が裂けても言えない。麻里とセックスしたとバレたら、弘美に白い目で見られそうだ。かつて憧れていた女性に軽蔑されたくなかった。

「それもそうよね。麻里さん、昔から体力ないから」

意外にも弘美は納得してくれた。

「大学生のとき、同じテニスサークルに入っていたんだけど、麻里さん、すぐに疲れちゃうのよ」

どうやら、麻里は昔から体力がないほうだったらしい。先ほども体調を崩して急遽ひとりで下山した。弘美がひ弱な麻里の姿を記憶していたおかげで、なんとか窮地を切り抜けることができた。

「それにしても、ここを全部調べるの？」

話題を変えたくて、直樹のほうから語りかける。

実際、この広大な土地をすべて調査するのは大変なことだ。直樹と弘美だけでは、どんなにがんばっても今日一日では終わらない。

「もっと人数を増やしたほうがいいんじゃないの？」

大勢でローラー作戦ができれば、見逃しも起きにくいだろう。そうするのが効率的かつ現実的なやり方だと思った。

「農家の知り合いに声をかければ、今なら田植え前だから――」

「そんなのダメよ」

いい考えだと思ったが、弘美は即座に否定した。

「人数を増やしたら、分け前が減るでしょ」

きっぱりした言葉だった。

最初から弘美の考えは一貫している。東京に帰って、やり直すための資金を調達しようとしているのだ。どうやって分けるつもりなのかは知らないが、頭数はできるだけ少ないほうがいいのは間違いない。

「時間がもったいないわ。はじめるわよ」

弘美にうながされて、直樹はリュックから鎌を取り出した。

「草を刈りながら進むわよ」

「う、うん……」

言われたとおりにやるしかない。直樹と弘美は鎌を手に持ち、雑草を刈りながら進んでいく。しかし、これは途方もなく時間がかかる作業だ。しかも中腰の状態なので、体への負担も大きい。

(これは無理だよ)

直樹は心のなかでつぶやいた。

とてもではないが、これだけの面積を調査することなど不可能だ。お宝が早めに見つかればいいが、この土地のいちばん奥にあるかもしれない。最悪の事態を想定すると目眩(めまい)がしてきた。

(今日は暑いな……)

中腰で雑草を刈っていると、すぐに汗が滲んでくる。

一昨日は風が吹いていたので、それほど暑く感じなかった。奥からこちらに向かって、緩やかな風が吹き抜けていた。しかし、今日はほとんど無風状態で、日差しも強かった。

直樹は草刈りの手を休めると、体を起こして腰を伸ばした。

（イテテっ……）

思わず顔をしかめて腹のなかで唸った。

隣を見やると、弘美は黙々と草を刈っている、だが、直樹の腰は早くも筋肉が張っていた。先日の荒淫の疲労も残っているのだろう。あれだけ腰を振りまくったのだから当然だ。

（でも、どうして、あんなことになったんだろう？）

ずっと不思議で仕方がなかった。

あの日、なぜか麻里が迫ってきて、直樹も妙に興奮していた。最初は麻里の淫らな姿に流されたと思っていたが、今は違う気がする。そもそも麻里が急に迫ってきたのも妙だった。

とにかく口づけを交わしたあとは、もう欲望を抑えられなくなっていた。麻里も昂った様子で、ペニスにむしゃぶりついて頬張ったのだ。

（なんだったのかな……）

首をかしげたそのとき、鋭い視線に気がついた。

「いつまで休んでるの。そんなことしてたら、日が暮れちゃうわよ」

弘美は不機嫌そうに言うと、草を刈りながら進んでいく。なにがなんでもお宝を見つけるという気概に満ち溢れていた。

「ちょっと休んだだけだろ」

直樹も負けじと作業を再開する。

この土地のどこかに埋められているなら、目印があるのではないか。そうでなければ、埋めた本人も見つけられない。なにしろ広大なので、なにかヒントがあるに違いなかった。

とにかく草を刈り、前進することをくり返す。

しかし、とくに発見はなく、時間ばかりがすぎていく。いつしか、ふたりともすっかり無口になっていた。やる気に満ちていた弘美も、さすがに疲労の色が濃くなっている。直樹も立ちどまる時間が増えていた。

どれくらい経ったのだろうか。それまで一心不乱に作業していた弘美が、手をとめて体を起こした。

「直樹、あれ見て」

息を呑むような気配があった。

直樹も何事かと顔をあげる。すると弘美の視線は広大な土地の先ではなく、横の林に向けられていた。

「あっ……」

思わず小さな声が漏れ出す。

彼女の視線をたどっていくと、林のなかに小屋が見えた。木の板を何枚も打ちつけた壁は、くすんで黒っぽくなっている。ちょうど木陰ということもあり、近くに来るまで気づかなかったのだろう。

「こんな山奥に小屋が……」

「絶対、怪しいわね」

弘美の瞳に輝きが戻っている。

小屋があるということは、以前に誰かが来たのは間違いない。現在は人が寄りつかないことを考えると、かなり前ということになる。もしかしたら、お宝と関係しているのではないか。

「見に行きましょう」

弘美が小屋に向かって歩き出す。

「う、うん……」

直樹も慌てて彼女のあとを追いかけた。

胸に期待がひろがっている。お宝はどういう状態で保管されているのか、古文書にも巻物にも明記されていなかった。あの小屋に隠されているのかもしれない。なかったとしても、なにかヒントがある気がした。

木の間に小屋はひっそりと立っていた。

見るからに古そうだが、造りはしっかりしている。側面に窓とドアがあり、サイズは車一台分のガレージほどだろうか。長いこと放置されているようだが、どこかが壊れているわけではなかった。

「直樹、のぞいてきてよ」

「なんか、怖いな……」

直樹は恐るおそる歩み寄り、窓ガラスごしに室内をのぞきこんだ。

「なにか見えた？」

背後から弘美が尋ねてくる。

気になって仕方ないが、自分で確認するのは怖いらしい。直樹の背中に隠れるようにして、肩ごしに窓を見つめていた。

「よくわからないよ」

目を凝らすが、なにしろ室内は薄暗い。人の気配はないが、それ以上のことはわからなかった。

「人はいないみたいだけど……」

「じゃあ、入ってみようか」

「勝手に入るのは、やばいんじゃない？」

直樹が振り返ると、弘美はすでにドアの前に移動していた。

「誰もいないなら大丈夫よ」

先ほどまで怯えていたのに、一転して積極的になっている。ドアノブをつかむと躊躇する

無人だとわかったことで恐怖は消え去ったらしい。ドアノブをつかむと躊躇することなくまわした。

「鍵、かかってないわ」

弘美はドアを開けると、室内をのぞきこんだ。

「なにかあるの？」

直樹も慌てて駆け寄り、弘美の背後から部屋のなかに視線を向ける。

木製の椅子が五つと、壁ぎわにはベッドがあった。だが、家具はそれだけで、タンスやテーブルはもちろん、生活するのに必要な調理器具の類もいっさいない。風呂もトイレも見当たらなかった。

「なにかしら……」

弘美は入口に立ったままつぶやいた。

室内に入ろうとしないのは、なにか不穏なものを感じているからだろうか。直樹もなんとなく、小屋の中に足を踏み入れる気にはならなかった。

「なんか、気味悪いな……」

直樹はぽつりとつぶやいた。

少なくとも住居ではないだろう。あのベッドは仮眠用なのかもしれない。何年も使われていないようだが、以前は村人たちが来ていた証拠だ。やはり、このあたりにお宝があるのかもしれない。

「休憩所みたいだね」

「そうね……」

弘美がそう言って黙りこんだ。

ここが休憩所なら、近くでなにかの作業をしていたことになる。だが、こんな山奥でなにをしていたのだろうか。

「昔、石炭が採れたとか……」

思いついたことを口にする。このあたりに炭鉱があったとすれば、休憩所もあるに違いなかった。

「そんな話、聞いたことないわ」

弘美が首をかしげる。

「この村で石炭が採れたことなんてないはずよ。資源がなにもないのは知ってるでしょう。だから、昔の人たちは苦労して水路を引いたんじゃない」

確かに、そのとおりだ。

先人たちが灌漑設備を整えてくれたおかげで、稲作が発展した。現在は米が村人たちの生活を支えている。実際、ほとんどの者が稲作に従事しており、直樹と弘美の家も例外ではなかった。

「それなら、この小屋は……」

いくら考えてもわからない。

どうして、こんな山奥に小屋を作ったのだろうか。なにかが採れたのなら、弘美も直樹も知らないのは妙だった。ふたりは小屋の入口に立ちつくして、しきりに首をひねっていた。

そのとき、緩やかな風が吹き抜けた。

ハーブにも似た甘い香りが鼻先をかすめる。その匂いを嗅いだ瞬間、忘れていた記憶がよみがえった。

（この匂い、確か……）

直樹は思わず眉間を寄せた。

三日前にも同じ匂いを嗅いでいる。特殊な香りなので、はっきり覚えていた。この匂いに気づいた直後、麻里が迫ってきたのだ。

（あのときの麻里さん、普通じゃなかった……）

思い返すと股間がズクリと疼く。

そして、直樹もかつてないほど興奮して、麻里と肉欲に耽（ふけ）ってしまった。頭の片隅ではいけないと思っていたが、どうしてもやめられなかった。

(もしかしたら、この匂いを嗅いだから……)

そう思い至ったときには、頭の芯がジーンと痺れていた。

(やばい、これ以上、嗅いだら……)

この間と同じことになってしまうのではないか。異常なほど興奮して、昇りつめることしか考えられなくなるのだ。

「ひ、弘美さん……なかに……」

直樹は理性を奮い立たせると、隣に立っている弘美の手首をつかんで小屋のなかに入った。

「あ、危なかった……」

急いでドアを閉めると、大きく息を吐き出した。

小屋のなかは薄暗くて埃っぽい。それでも、なんとか謎の香りから逃れることができて、胸をほっと撫でおろした。

もう少し嗅いでいたら、理性を失っていたに違いない。欲望が急激にふくれあがり、抑えられなくなっていただろう。一度経験したのでわかっている。そうなったら、きっと弘美を襲っていたはずだ。

「じつは、三日前も同じ匂いがしたんだ」

直樹が語りかけても、弘美はうつむいたまま黙りこんでいる。

髪が垂れて顔を隠しているため、表情を読み取ることはできない。身体がわずかに揺れている。なにか様子がおかしかった。

「弘美さん……大丈夫？」

話しかけても反応がない。

恐るおそる顔をのぞきこむ。すると、麻里は目を開いているが、瞳はぼんやりとして焦点が合っていなかった。

（こ、これは……）

あのときの麻里と同じ状態だ。

謎の芳香をたっぷり吸いこんでしまったのかもしれない。もしかしたら欲望がふくれあがっているのだろうか。顔をゆっくりあげると、直樹の目をじっと見つめる。そして、身体をすっと寄せてきた。

3

「ひ、弘美さん？」

いきなり抱きしめられて、直樹は困惑の声を漏らした。

弘美の髪から漂うシャンプーの香りと甘酸っぱい汗の匂いを嗅ぐと、ただでさえ痺れていた頭がクラクラする。懸命に抑えこんでいた欲望が刺激を受けて、瞬く間にふくらみはじめた。

(ううっ……い、いけない)

心のなかで自分を戒める。

きっと謎の芳香のせいで理性が揺らいでいるのだ。欲望に流されまいとするが、腹の底から興奮が湧きあがってくる。ペニスがむくむくと頭をもたげて、チノパンの前が瞬く間に張りつめた。

「ねえ、直樹……」

弘美が色っぽくささやきながら顔を寄せてくる。

甘い吐息が鼻先をかすめて、興奮がさらにふくらんでしまう。柔らかい女体が密着する。その結果、彼女の下腹部で張りつめたチノパンの前が圧迫された。

「うっ……」

思わず小さな声が漏れてしまう。

ペニスを刺激されたことで、微弱電流のような快感がひろがっていく。亀頭の先端から我慢汁が溢れて、ボクサーブリーフの内側を濡らした。

(お、俺、やっぱり弘美さんのこと……)

直樹は内心激しく動揺している。

こうして触れ合っていると、欲望がどうしようもないほど大きくなり、簡単に理性を凌駕していく。頭の片隅ではいけないと思っている。だが、もう自分をコントロールできない。

「弘美さんっ……うむッ」

直樹は両手で弘美の頬を挟むと、いきなり唇を奪った。

柔らかい唇の感触が伝わり、抑えつけていた獣欲が暴れ出す。ペニスが硬さを増して、ボクサーブリーフとチノパンを突き破る勢いで屹立した。

「はンっ、な、直樹……」

弘美が鼻にかかった声で語りかけてくる。

興奮しているのは彼女も同じだ。直樹を拒絶することなく、ディープキスを誘うように唇を半開きにした。

（ああっ、弘美さん……）

直樹も心のなかで呼びかけながら、舌をヌルリッと唇の狭間に差し入れる。

さっそく彼女の熱い口内を舐めまわす。歯茎や頬の内側の粘膜に舌を這わせて、唾液をたっぷり塗りつける。すると、弘美もすぐに舌を伸ばしてくる。積極的に舌をからめて、ヌルリヌルリと擦り合わせた。

「はンっ……はあンっ」

弘美の吐息が直樹の口内に流れこみ、さらに気分が盛りあがる。

前回、セックスしたときとは異なる興奮だ。あのときは、かつて憧れていた弘美に誘われて、夢のなかを漂っているような気分だった。久しぶりのセックスだったこともあり、終始、受け身のまま終わってしまった。

直樹は思いきり射精したが、おそらく弘美は絶頂に達していない。セックスできたのはいい思い出だが、自分だけがイカされてしまったのは心残りだったし、男として情けない気持ちもあった。

(今日は、俺が……)

なんとしても弘美を感じさせたい。

あれから短期間のうちに亜矢と麻里、ふたりの女性と経験を積んでいる。そのため気分的にも肉体的にも、いくらか余裕ができていた。今度は自分が主導権を握り、弘美を思いきり喘がせたかった。

「あふンっ、直樹……」

唾液ごと舌を吸いあげれば、弘美がせつなげな瞳で見あげてくる。

ディープキスを交わしたことで、ますます欲望が高まっているらしい。下腹部を密着させたまま、腰を右に左にくねらせた。

「うんっ……こ、擦れてるよ」

チノパンの上から股間をこねまわされて、またしても我慢汁が溢れ出す。

興奮の上昇の仕方が普通ではない。小屋のドアは閉めたが、あのハーブに似た匂いが漂っている気がする。なにしろ古い建物なので、壁の隙間から入りこんでいるのかもしれない。とにかく、ふたりとも発情していた。

「お、俺、もう我慢できないよ」

全身が震えるほど高揚している。

女体から薄手のジャンパーを奪うと、シャツのボタンもはずしていく。前がはだけてラベンダー色のブラジャーが露になるが、弘美はまったく抵抗しない。それどころか呼吸を乱して、直樹の服を脱がしはじめた。

「なんだか、身体が熱くて……直樹もそうでしょ」

確かに全身が燃えるように熱くなっている。小屋のなかが、とくに暖かいわけではない。興奮のあまり、体が内側から熱くなっていた。

「直樹……ああっ、直樹」

弘美はうわごとのようにつぶやきながら、直樹の体からブルゾンを奪い、さらにトレーナーも脱がしてしまう。そして、剥き出しになった胸板に頬擦りをして、乳首に吸いついてきた。

「ううっ……」

小さな声を漏らすと、弘美はますます乳首を吸い立てる。舌を伸ばして舐めまわしては、硬くなったところを前歯で甘噛みした。

「くううッ」

痛みと快感が入りまじり、まるで電流のように全身を駆けめぐる。左右の乳首を交互にしゃぶられて、ペニスがヒクヒクと反応した。

「ひ、弘美さんも……」

女体からシャツとブラジャーをむしり取る。大きな乳房が剝き出しになり、プルルンッと勢いよく弾んだ。

直樹はすかさず両手をあてがって、すくいあげるように揉みしだく。指をめりこませると、ねちっこくこねまわす。それと同時に先端で揺れる淡いピンク色の乳首にむしゃぶりついた。

「ああッ」

弘美の唇から喘ぎ声が溢れて、女体がピクッと反応する。

直樹は自分がされたのと同じように、舌でネチネチと転がして、充血して硬くなったところを甘噛みした。

「あうッ、そ、それ、ダメぇっ」

弘美の顎が跳ねあがり、喘ぎ声が大きくなる。

敏感な反応に気をよくして、乳房を揉みながら双つの乳首を交互にねぶる。甘噛みするたびに女体がヒクつき、やがて膝がガクガク震え出した。

「これが気持ちいいんだね」

執拗に乳首をしゃぶりつづける。乳輪ごと吸いあげては、とがり勃った乳首を舌先で弾いた。

「ああッ、も、もう……」

弘美は焦れたようにつぶやき、直樹に寄りかかってくる。膝の震えが大きくなっており、もう立っていられないらしい。

「じゃあ、こっちに」

直樹は彼女の腰に手をまわして支えると、小屋の奥にあるベッドに導いた。

白いシーツにうっすらと埃がかかっているが、そんなことを気にしている場合ではない。ふたりとも興奮が最高潮に高まっている状態だ。今は気持ちよくなることしか考えていなかった。

「ここに座って」

ベッドに弘美を腰かけさせると、直樹は目の前でしゃがみこむ。そして、スニーカーと靴下を脱がせると、ジーパンを一気におろしてつま先から抜き取った。

「ああっ……」

股間に密着したパンティが露になり、弘美がため息にも似た声を漏らした。

直樹はパンティに指をかける。じりじり引きさげていくと、弘美は自ら尻を浮かせて協力した。太腿を指先でなぞりながらパンティを滑らせていく。そして、足を片方ずつ持ちあげて取り去った。

これで弘美が身に着けている物はなにもない。

恥ずかしげに膝を閉じているが、唇は半開きで乱れた息が漏れている。期待がふくらんでいるのか、直樹の顔を見つめる瞳はますます潤んでいた。

なめらかな膝に手のひらを重ねると、左右にゆっくり開いていく。膝が徐々に離れて、白い内腿の奥が見えてくる。そして、逆三角形に整えられた陰毛とサーモンピンクの陰唇が露になった。

「もう、こんなに……」

直樹は思わず目を見開いた。

女陰は大量の愛蜜で濡れ光っている。割れ目から透明な汁がジクジク湧き出て、会陰部まで垂れていた。

「すごく濡れてるよ」

「いやっ、そんなに見ないで……」

弘美が恥ずかしげにつぶやき、腰を艶めかしくよじった。

しかし、膝は閉じることなく、すべてをさらしたままでいる。羞恥に身を焼かれながらも興奮しているらしい。これから起きることに期待して、愛蜜を大量に垂れ流していた。

「見てるだけなのに、どんどん溢れてくる」

「い、言わないで……」

「ひ、弘美さんっ」

直樹はたまらず弘美の股間に吸い寄せられる。内腿に両手を当てると、濡れそぼった陰唇にむしゃぶりついた。

「はあああッ」

愛蜜の弾けるクチュッという音に、弘美の喘ぎ声が重なった。

二枚の女陰は今にも溶けそうなほど柔らかい。直樹は舌を伸ばすと、合わせ目を下から上に向かって舐めあげる。すると、愛蜜が舌に乗るので、それを躊躇することなく嚥下した。

(あ、甘い……なんて甘いんだ)

感動と興奮が胸にこみあげる。

弘美の女陰を舐めるのは、これがはじめてだ。まさかこんな日が来るとは思いもしなかった。おそらく、こんな機会は二度とないだろう。そう思うと、自然と愛撫に熱が入る。

「これが感じるんだね」

「ああっ、そ、そんなに……」

陰唇を一枚ずつ口に含み、クチュクチュとしゃぶりまわす。柔らかい感触を堪能して、愛蜜をじっくり味わった。

「な、直樹がこんなこと……あああっ」

弘美の喘ぎ声は大きくなる一方だ。女陰を刺激することで、愛蜜の量もさらに増えていた。

(もっと……もっと感じさせたい)

直樹の欲望もどんどん大きくなっている。

とがらせた舌を膣口に押しこんでいく。女壺は蕩けきっているので、軽く押し当てるだけで簡単に挿入できた。

「あっ……あっ……」

舌先で膣壁を舐めると、白い内腿がヒクヒク反応する。新たな愛蜜が次から次へと湧き出した。

(すごい、どんどん溢れてくる)

直樹は女陰全体を覆うように唇を密着させると、愛蜜をしっかり受けとめる。喉を鳴らして飲みくだし、女壺のなかを舌でかきまわした。

「あンっ、ダ、ダメ……はああンっ」

口では「ダメ」と言いながら、弘美は股間を突き出すような格好になっている。両手を背後について、脚を大きく開き、直樹の愛撫で感じていた。

(まだだ、もっと……)

舌を膣口から抜くと、再び割れ目を舐めあげる。

陰唇と陰唇の間をくすぐりながら進み、やがて小さな肉の球に到達した。どうやらクリトリスを捉えたらしい。すかさず愛蜜と唾液をたっぷり塗りつけて、ネロネロとやさしく転がした。

「そ、そこは……あああッ」

弘美は天井を見あげて、女体を大きくのけぞらせる。

どうやら、クリトリスが感じるらしい。そうとわかれば、ここを集中的に責めるに決まっている。舌先で愛蜜をすくいあげては、クリトリスに塗りつけることをくり返す。ねちっこく転がしては、唇を密着させて吸いまくった。

「ああッ……あああッ」

「ここが好きなんだね」

「はああッ、ま、待って、そこばっかり……」

弘美がとまどいの声を漏らす。

クリトリスを執拗に愛撫することで、快感がふくれあがっているらしい。女体が反り返り、白い下腹部が波打っている。大きな乳房がタプタプ弾み、硬くとがり勃った乳首が揺れていた。

「硬くなってきたよ。ほら、ここ……」

充血して硬くなったクリトリスを唇で挟んで、先端を舌で舐めまわす。すると、弘美の反応が大きくなった。

「あああッ、も、もうっ、はあああッ」

のけぞった身体に震えが走る。脚を閉じたことで、内腿が直樹の頬に密着した。それでも、しつこくクリトリスを舐めつづける。舌で転がしては、愛蜜ごとジュルルッと吸いあげた。

「はああッ、も、もうダメっ、それ以上は……」

「イッていいよ。ほら、我慢しないで」

クリトリスを口に含んだまま、くぐもった声で告げる。そして、肉芽をいっそう強く吸引した。

「あううッ、い、いいっ、あああッ、はああああああッ！」

弘美のよがり泣きが小屋のなかに響きわたる。内腿で直樹の顔を強く挟み、女体がガクガクと痙攣した。

絶頂に達したのは間違いない。愛蜜がどっと溢れて、股間はお漏らしをしたような状態だ。直樹は膣口に口を密着させて愛蜜をすすりあげると、喉を鳴らして飲みくだした。

（やった……ついにやったぞ）

直樹の胸に悦（よろこ）びが湧きあがる。

弘美を絶頂させることに成功して、さらなる興奮が全身に蔓延していく。自分の愛撫で追いあげたと思うと、自信にもつながった。勃起したままのペニスが、ボクサーブリーフのなかで大量の我慢汁を振りまいていた。

4

弘美は小屋のベッドに横たわっている。

一糸纏（まと）わぬ姿で、すべてをさらけ出していた。両手は身体の両脇にそっと置いてある。絶頂の余韻で呼吸を乱しており、身体を隠す余裕もないらしい。大きな乳房も逆三角形の陰毛も、剝き出しのままだった。

（こ、今度は、俺のチ×ポで……）

直樹はチノパンとボクサーブリーフを一気におろした。ペニスが飛び出して、下腹部をパチンッと打った。亀頭は破裂しそうなほど膨張して、肉竿も野太く成長している。我慢汁で濡れており、薄暗いなかでもヌラヌラと黒光りしていた。

小屋のなかには、相変わらずハーブのような妖しげな匂いが漂っている。正体はわからないが、その香りを嗅ぐほどに発情する気がした。とにかく、欲望が抑えられないほどふくらむのは確かだった。

直樹も裸になると、ベッドにあがる。ミシッという軋む音が、小屋のなかに響きわたった。

「弘美さん……」

さっそく女体に覆いかぶさろうとする。そのとき、それまで呆けていた弘美が身体を起こした。

「待って、今度はわたしの番よ」

「あっ……」

手首を引かれて、直樹はシーツの上で仰向けになった。

弘美が脚の間に入りこんで正座をする。そして、屹立しているペニスに顔を寄せて、亀頭をねろりと舐めあげた。

「ううっ、ちょ、ちょっと……」

「舐めたいの。いいでしょ？」

せつなげな瞳で言うと、弘美は舌先で裏スジをくすぐった。

「くううっ」

快感が走り抜けて、思わず両脚がつま先までピーンッと伸びた。

すぐに挿入するつもりだったが、弘美に舐められて期待がふくれあがる。抵抗せずに、このまま身をまかせることにした。

「すごく硬い……はンンっ」

弘美の舌が裏スジをゆっくり這いあがり、張り出したカリの裏側に潜りこむ。時間をかけて一周しながら、唾液をたっぷり塗りつけていく。

「そ、それ、すごい……ううッ」

焦らされているようで、新たな我慢汁がどんどん溢れてしまう。亀頭はぐっしょり濡れており、彼女の舌が這いまわるカリにも流れていた。

「気持ちいいのね。ほら、ここなんてパンパンよ」

弘美が含み笑いを漏らして、舌を亀頭に移動させる。

我慢汁にまみれているが、いやがる様子はまったくない。それどころか嬉々とした表情で、亀頭をねちっこく舐めはじめた。

「はンっ……はあンっ」

張りつめた肉の表面に舌を這わせて、我慢汁を味わうように舐め取っていく。我慢汁が溢れつづけているので、亀頭は常に濡れている。舌の柔らかい感触が心地よくて、直樹は腰をぶるるっと震わせた。

「くうぅッ、も、もう……」

もっと強い刺激がほしい。そう思った直後、彼女の唇が亀頭にかぶさった。

「あふンっ」

熱い吐息が吹きかかり、柔らかい唇がカリ首に密着する。さらに唾液にまみれた舌が亀頭を舐めあげて、尿道口をチロチロとくすぐった。

「おおッ、そ、そこは……」

たまらず唸り、全身を硬直させる。

亀頭の先端を刺激されたことで、尿意をうながすような快感がひろがった。両手でシーツを握りしめて、尻の筋肉に力をこめる。そうやって、なんとか射精欲をやり過ごした。

「我慢してるの？」

弘美は上目遣いに見つめてつぶやくと、首をゆったり振りはじめる。柔らかい唇で硬い肉棒を擦りあげて、蕩けるような快楽を送りこんできた。

「そ、それ、すごい……ううぅッ」

休む間もなくしゃぶられる。唇でしごかれる刺激は強烈で、すぐに射精欲がふくらんだ。

「うぐぐッ、ま、待って……」

「あふっ……むふっ……はむンっ」

必死に訴えるが、弘美は聞く耳を持たずに首を振る。しかも、スピードが徐々に速くなっていく。唇が太幹を擦りあげて、カリの段差を何度も何度も通過する。唾液まみれにされたペニスが、いよいよ追いつめられてグッとふくらんだ。

「くううッ、も、もうっ、うううううッ」

直樹は呻くことしかできなくなる。全身の筋肉に力をこめるが、もう射精欲を抑えられない。シーツの上で体が仰け反っていく。そして、股間を突きあげながら、ついに欲望を解き放った。

「で、出るっ、くおおおおおおおッ！」

ペニスを咥えられたまま射精する。しかも、熱い口腔粘膜が密着した状態で、思いきり吸茎された。ザーメンを強制的に吸い出されるのは、全身の毛が逆立つほどの快楽だ。頭のなかがまっ白になり、体が仰け反って痙攣した。

「あンンンッ」

弘美はペニスを根元まで深く咥えて、噴きあがるザーメンをすべて受けとめる。そして、いったん口内に溜めてから、まるで味わうように喉を鳴らして飲みくだす。そして、尿道に残っているザーメンもすべて吸い出した。

「はぁっ……いっぱい出たね」

唇を離すと、弘美が微笑を浮かべて語りかけてくる。

大量の精液を飲んだことで、ますます興奮したらしい。瞳が妖しげな光を放ち、胸を激しく喘がせていた。

「でも、まだできるわよね」

「う、うん……」

直樹は自分の股間を見やり、とまどいながらもうなずいた。

ペニスは萎えることを忘れたように屹立している。たった今、大量に射精したにもかかわらず硬度を保っているのだ。股間から天井に向かってそそり勃つ姿は、我ながら頼もしかった。

「直樹、素敵よ」

弘美が覆いかぶさり、唇を重ねてくる。

すぐに舌をヌルリと差し入れて、ディープキスに発展した。直樹の舌をからめとると同時に、右手の指をペニスに巻きつける。舌を吸いあげながら、太幹をシコシコと擦ってきた。

## 5

(もう我慢できない……)

直樹は女体をしっかり抱きしめると体勢を入れ替えた。

弘美が仰向けになり、直樹が覆いかぶさった状態だ。今回は自分が主導権を握って彼女を絶頂に追いあげると決めていた。

(絶対に俺のチ×ポでイカせてやるんだ)

心のなかでつぶやくと、彼女の脚の間に入りこむ。勃起したペニスの先端を、濡れた陰唇に押し当てた。

「あンっ、熱い……」

弘美が濡れた瞳で見つめている。

視線が重なることで、ますます欲望がふくれあがった。体重を浴びせかけると、亀頭が女陰の狭間に沈みこむ。膣口にズブズブと埋まり、内側に溜まっていた華蜜が溢れ出した。

こんだ。

濡れた膣襞が、太幹にからみつく。それを振り払うようにして、さらに奥へと埋めこんだ。

弘美の喘ぎ声と直樹の呻き声が重なった。

「ううッ、ひ、弘美さんっ」

「あああッ、直樹っ」

亀頭が膣の深い場所に到達して、弘美が驚きの声をあげる。それと同時に膣が収縮して、太幹を締めつけた。

「あああッ、い、いきなり……」

「くううッ、す、すごいっ」

快感の波が押し寄せるが、動きをとめることはない。欲望にまかせて、さっそく抽送を開始した。

根元まで入ったペニスを引き出して、カリで膣壁を擦りあげる。華蜜をかき出すことになり、股間は瞬く間にぐしょ濡れだ。亀頭が抜け落ちる寸前まで後退すると、再び根元まで埋めこんだ。

「あああッ、い、いいっ」

弘美が眉を歪めて腰をくねらせる。これを求めていたとばかりに、両手を伸ばして直樹の腰を撫でまわした。

「こんなにたくましいなんて……もっとして」

甘い声でおねだりされて、直樹はますます盛りあがった。

「じゃあ、いくよ」

女体に覆いかぶさり、首すじに顔を埋めてキスをする。そして、しっかり抱きしめた状態で、腰をリズミカルに振りはじめた。

「あっ……あっ……い、いいっ」

弘美の唇から切れぎれの喘ぎ声が溢れ出す。

ペニスが出入りするのに合わせて、股間をしゃくりあげる。そうすることで、より深い場所まで亀頭が入りこむ。膣の奥を刺激することで、弘美の反応はより大きくなっていく。

「はあぁッ、い、いいっ、気持ちいいのっ」

「お、俺も……くううッ」

女壺が締まり、ペニスをギリギリと絞りあげる。直樹は思わず唸りながら、それでもスピードを落とすことなく腰を振りつづけた。

快感が快感を呼び、絶頂に向けてひたすらにピストンする。カリで膣壁を擦りあげては、亀頭で女壺の奥を小突きまわす。蠢く膣襞の感触がたまらず、我慢汁の分泌量が倍増した。

「ううッ……うううッ」

ペニスがこれ以上ないほど膨脹して、もう呻くことしかできない。射精の瞬間が近づき、睾丸がキュウッとあがるのがわかった。

「あああッ、も、もう……はあああッ」

弘美の悶え方が激しくなる。

股間を艶めかしくしゃくりあげて、男根を奥へ奥へと誘いこんでくる。両脚を直樹の腰に巻きつけると、思いきり引き寄せる。女壺がウネウネとうねり、男根をこれでもかと締めつけた。

「おおおッ、も、もうダメだっ」

「だ、出して、あああッ、いっぱい出してっ」

直樹が唸ると、弘美も淫らな声を山小屋内に響かせる。その声が引き金となり、ついに最後の瞬間が訪れた。

「おおおおッ、で、出るっ、くおおおおおおッ！」

腰を強く打ちつけて、ペニスを根元までたたきこむ。それと同時に大量の精液が尿道を駆けくだる。強烈な快感が突き抜けて、全身が激しく痙攣した。

「あああッ、わ、わたしも、あああッ、イ、イクッ、イクうううッ！」

弘美も顎を跳ねあげてよがり泣き、絶頂を告げながら昇りつめる。直樹にしがみつき、全身を凍えたように震わせる。膣が猛烈に締まり、精液を注がれるたびにウネウネと波打った。

「ううウッ、き、気持ちいい……」

射精中も女壺全体が蠢くことで、快感が二倍にも三倍にもふくれあがる。ペニスを深く埋めこんだまま、この世のものとは思えない快楽に酔いしれた。

ザーメンを驚くほど大量に放出して、ようやく絶頂の波が去っていく。

直樹は女体に覆いかぶさり、ハアハアと息を乱していた。弘美も脱力して、四肢をシーツに投げ出している。汗ばんだ彼女の身体から、甘酸っぱい牝の匂いが立ちのぼっていた。

絶頂の余韻のなかを漂いながら、女体の香りを大きく吸いこんだ。

そのとき、あのハーブのような匂いも鼻孔に流れこんできた。すると、女壺に挿入したままのペニスがピクッと反応した。

「あっ……」

弘美が小さな声を漏らす。

ペニスの動きを感じたらしい。膣壁が蠢き、結合部分からニチュッという湿った音が聞こえた。

（くっ……ま、また……）

射精した直後なのに、またセックスしたくなってしまう。

異常なほど性欲が高まっている。とにかく、セックスしたくてたまらない。腰をほんの少し動かすと、ペニスのカリが女陰の膣壁を軽く擦った。

「ああっ……な、直樹……」

弘美が甘い声を漏らして見つめてくる。瞳はしっとり潤んでおり、眉がせつなげに歪んでいた。

「ひ、弘美さん……ううっ」

腰の動きを少しずつ速くする。萎えることのないペニスを出し入れすると、瞬く間に快感がふくれあがった。

「ああンっ、す、すごい……すごいわ」

興奮しているのは弘美も同じだ。早くも腰をよじり、快楽に呑みこまれている。膣も敏感に反応して、華蜜を大量に分泌していた。

抜かずの二回戦に突入する。

直樹は上半身を起こすと、弘美の腰を両手でつかんだ。すでに男根と女壺はなじんでいるので遠慮はいらない。直樹が腰を振れば、弘美も股間をしゃくりあげて応えてくれる。

「あンッ……あンッ……」

「そ、そんなに動いたら……」

小屋のなかにふたりの声と、湿った蜜音が響きわたる。早くも蕩けるような快感が湧きあがり、自然とピストンスピードが加速していく。

「あぁッ、い、いいっ、ああッ」

「お、俺も、気持ちいいっ」

ふたりの息はぴったり合っている。再び絶頂を目指して腰を振り合うと、瞬く間に気分が盛りあがった。

「も、もっと、直樹、もっとして」

弘美がさらなるピストンをねだってくる。

華蜜を大量に垂れ流して、アクメに達することしか考えていない。女体をよじる姿も艶めかしく、蜜壺は射精をうながすようにうねっていた。

「弘美さんのなか、ウネウネして……くううッ」

腰を振るほどに快感が大きくなる。それでも射精した直後なので、まだなんとか耐えられる。ペニスを勢いよく突きこみ、熱い膣粘膜で揉みくちゃにされる感触に酔いしれた。

「ああッ、すごくいいのっ、あああッ」

「ううッ、俺もっ」

ふたり同時に高まっていく。ペニスを抜き差しするたび、快感の大波が遠くから押し寄せてくる。

「い、いいっ、あああッ、いいっ」

「ううッ……うううッ」

昇りつめることしか考えられない。直樹は絶頂を求めて腰を振り、弘美は息を合わせて股間をしゃくる。いつしかペニスと膣が一体化したような感覚に包まれて、いよいよ最後の瞬間が迫ってきた。

「も、もう、わたし……あああッ」

「俺も、もう……くおおおッ」

快感の大波が押し寄せて、ついにふたりの身体を呑みこんだ。頭のなかがまっ白になり、女壺に深く埋めこんだペニスがググッとふくれあがる。

「おおおおッ、で、出るっ、出る出るっ、ぬおおおおおおおおッ！」

またしても絶頂に達して、ザーメンが勢いよく噴きあがる。ペニスが溶けてしまいそうなほど気持ちいい。凄まじい快感が吹き荒れるなか、直樹は獣のように唸りながら射精した。

「ひあああッ、い、いいっ、イクッ、イクイクッ、あああああああッ！」

膣奥にザーメンを直撃されて、弘美もアクメのよがり泣きを響かせる。両手で直樹の尻を抱えて、強く引き寄せることでペニスを膣の奥まで迎え入れた。女体が仰け反り、小刻みに痙攣する。その直後、弘美の股間から透明な汁がプシャアアッと飛び散った。

「はあああああッ！」

裏返った嬌声（きょうせい）をあげて、潮（しお）を吹きつづける。

いわゆるハメ潮というやつだ。よほど気持ちよかったのか、弘美はヒイヒイよがり泣いて身体を仰け反らせた。

連続絶頂で大量に射精して、頭のなかがまっ白になった。

直樹はペニスを抜くと、弘美の隣に倒れこんだ。さすがに疲労が蓄積している。もう言葉を発する力も残っていなかった。

# 第五章　とろめきの宴(うたげ)

## 1

翌朝、直樹は倉庫でトラクターの整備をしていた。

しかし、まったく仕事に集中できない。昨日のことが頭から離れず、心をかき乱していた。

（どうして、あんなに……）

考えれば考えるほど疑問が湧きあがる。

異常なほど興奮して、ペニスもまったく萎えなかった。しかも、直樹だけではなく、弘美も発情して何度も求めてきた。最後はなかば気絶したような状態になり、ふたりとも無言でしばらくベッドに横たわったままだった。

我に返ると、嘘のように欲望は収まっていた。だが、もう宝探しをするような雰囲気ではなかった。ふたりは身なりを整えて、気まずい空気のなか下山した。

（どうなっちゃうのかな……）

思わずため息が漏れる。

このまま、宝探しは終わりになるのではないか。なんとなく、そんな気がしている。正直なところ、お宝にはまったく未練はないが、弘美と疎遠になってしまうことを恐れていた。

仕事に身が入らないまま小一時間ほど経ったとき、ポケットのなかのスマホが着信音を響かせた。

画面を見ると「弘美さん」と表示されている。一瞬、とまどったが、直樹は通話ボタンをスライドさせた。

「もしもし……」

恐るおそる語りかける。なにを言えばいいのかわからず、それ以上、言葉がつづかない。

「わたしだけど、今からこっちに来てくれない？」

弘美は挨拶もなしに、いきなり切り出した。

強引なのはいつものことだが、声が硬い気がする。やはり昨日のことを気にしているのだろう。

「う、うん……わかった」

迷ったすえにつぶやいた。

この機会を逃せば、弘美とますます距離ができてしまう。どうせ仕事に集中できないのだから、会いに行くべきだと思った。

電話を切ると急いで家に戻り、服を着替えた。そして、すぐに弘美が待つ離れに向かった。

「どうぞ……」

ドアをノックすると、弘美が顔をのぞかせる。直樹は緊張ぎみにうなずき、スニーカーを脱いで部屋にあがった。

ベッドに麻里が座っていた。眼鏡のレンズごしに視線が合い、気まずさがこみあげる。直樹は会釈をして、ローテーブルの前に腰をおろした。

「昨日のことなんだけど――」

弘美はローテーブルを挟んだ向かい側に座る。そして、落ち着いた口調で語りはじめた。

「変わった匂いがしたでしょう。あれを嗅いでから、おかしくなった気がするの」

まさか麻里がいる前で、そんな話をするとは思いもしない。直樹は動揺して、思わず固まった。

「麻里さんには全部話したから気にしなくていいわ」

弘美はあっさりそう言った。

「えっ……ぜ、全部って……」

「わたしたちが山小屋でしたことよ」

そう言われて、直樹は思わず麻里を見やった。

麻里は頬をピンク色に染めて、顔をうつむかせている。どうやら、弘美は山小屋で直樹とセックスしたことを話したらしい。

「ど、どうして……」

「だって、話さないと相談できないでしょ。麻里さんが山に登ったとき、あの匂いがしたかどうか聞きたかったの」

そこまで話すと、弘美の視線が鋭くなる。

「そうしたら、麻里さんが教えてくれたわ。あの日、直樹となにがあったのか」

「えっ……そ、それは……」

とっさに言いわけが思いつかない。全身の毛穴が開いて、いやな汗がいっせいに噴き出した。

「直樹くん、ごめんなさい」

麻里が申しわけなさそうにつぶやく。直樹のことをチラリと見て、すぐに視線をそらした。

「麻里さんが謝ることないですよ」

弘美は穏やかな声で言うと、すぐに直樹のほうを見つめてきた。

「あの匂いのこと、直樹はなにか知ってるの？」

「し、知らないよ……」

直樹は慌てて否定した。

こちらが教えてもらいたいくらいだ。直樹自身、なにが起きたのか、まったくわかっていなかった。

「あんなに興奮するなんて、絶対におかしい。まじめな麻里さんが……そんなのあり得ないわ。きっと、あの匂いに秘密があるのよ」

弘美が力説すると、麻里はますます赤くなってうなずいた。

「俺も、あの匂いが怪しいと思ってたんだ」

直樹も同調する。

三人の意見は一致していた。あの匂いと発情したことは関係している。しかし、どんなに考えても匂いの正体はわからない。

「亜矢さんに聞いてみたらどうかな」

ふと思いついてつぶやいた。

亜矢はあの山の麓に住んでいる。もしかしたら、あの妖しい香りのことを知っているかもしれない。家の庭から巻物が出てきたのだから彼女も関係者だ。情報が漏れても問題はないだろう。

「そうね。亜矢さんなら、なにか知っているかもしれないわね」

少し考えてから弘美はうなずいた。

弘美はさっそく亜矢に連絡を入れる。宝探しの件で大切な話があると伝えると、今から来てくれることになった。

亜矢を待つ間、会話が弾むはずもなく、室内には重い空気が流れていた。

なにしろ、直樹はふたりとセックスしたのだ。不誠実さを責められている気がして、目を合わせることができなかった。

二十分後、亜矢が到着した。

四人でローテーブルを囲んで座る。亜矢と麻里は初対面なので、弘美が互いを紹介した。

「それで、大切なお話というのは？」

亜矢が興味津々といった感じで三人の顔を順番に見つめる。

「もしかして、お宝を発見したのですか？」

「いえ、まだなんです。でも、巻物を解読して、亜矢さんの家の裏にある山を捜索しているところです」

弘美が説明すると、亜矢は驚いた顔をした。

「あの山に入ったのですか?」

「ええ、なにか?」

「いえ……別に……」

なぜか亜矢は黙りこむ。言葉を濁して、ごまかしている気がした。

「山の頂上に、変わった匂いが漂っているんです。それを嗅ぐと、すごくおかしな気分になって……亜矢さん、なにか知りませんか?」

弘美が質問すると、亜矢は少し考えてから口を開いた。

「亡くなった夫から聞いたのですが、子供のころ、おじいさんにあの山に入ってはいけないと言われていたそうです」

「理由は聞きましたか?」

直樹は思わず口を挟んだ。そう言われて育ったということは、やはり山にはなにか秘密があるのだろう。

「理由はわかりません。とにかく、あの山で遊ぼうとすると、普段は温厚なおじいさんがひどく怒ったそうです」

「そのおじいさんは?」

「ごめんなさい。ずいぶん前に亡くなっています。山のことを義父母に尋ねたことがあるのですが、知らないと言っていました」

　亜矢は申しわけなさそうにつぶやいた。

　なんともぼんやりした話だ。疑惑が深まるばかりで、なにも解決しない。結局、匂いについては、いっさいわからなかった。

　場の空気が重くなる。山の頂上のどこかにお宝があるはずだ。だが、あの匂いの正体がわからないと、危なくて調査ができない。

「あの……ひとつ思い出したことがあるんですけど……」

　亜矢がおずおずとつぶやいた。

「結婚式を村の神社で挙げたのですが、そのとき、神主さんに言われたんです。あの山には山菜も茸もないから入ってはいけないよ、って……」

「神主さんに言われたんですか？」

　まっ先に反応したのは弘美だ。直樹も思わず腰を浮かせて前のめりになった。

　神主は御年九十歳という村の長老だ。村のことを誰よりも熟知している。その長老が注意を与えたということは、山の秘密を知っているのではないか。

「弘美さんっ」

　直樹が声をかけると、弘美は力強くうなずいた。

「神主さんのところに話を聞きに行きましょう」

声に張りが戻っている。

なにかわかるかもしれない。暗闇のなかにひと筋の光が差しこんだ気がする。これをきっかけに、謎が解ける予感がした。

2

四人は村の東端にある神社に向かった。

少し離れているため、弘美が親の車を借りて運転した。しばらくして朱色の鳥居が見えてくると、期待と緊張がこみあげた。

車を路肩に駐車してエンジンを切る。外に出ると、あたりはシーンと静まり返っていた。神社の周囲は森になっており、神聖な雰囲気が漂っている。普段は訪れる人があまりいなかった。

四人は無言のまま鳥居をくぐり、正面に見える拝殿に向かっていく。

直樹は神主に会うことしか考えていなかったが、麻里が拝殿の賽銭箱(さいせんばこ)にすっと歩み寄った。

「神社に来たからには、手を合わせたほうがいいですよね」

確かに麻里の言うとおりかもしれない。四人は小銭を賽銭箱に入れると、手をそっと合わせた。

「おおっ、室岡さんのところの……」

そのとき、背後から声が聞こえた。はっとして振り返ると、そこには白い狩衣に紫色の袴をつけた老人の姿があった。

「神主さま、ご無沙汰しております」

亜矢が歩み寄って挨拶する。

すぐに三人もつづいて頭をさげた。神主は白髪で小柄な老人だ。柔らかい笑みを浮かべて、うんうんと何度もうなずいた。

「これはこれは大勢で……なにかあったのかな？」

さすがは長く生きているだけのことはある。四人を見まわして、なにか事情があると悟っていた。

「突然、すみません。じつは神主さまにおうかがいしたいことがあって、お邪魔しました」

弘美が丁重に告げると、神主はにこやかな表情を浮かべる。

「わたしでよろしければ、なんでもお答えしますよ。話が長くなりそうなので、とりあえず座りましょうか」

神主が木陰にあるベンチに向かって歩いていく。四人は黙ってあとにつづき、ベンチに腰かけるのを待った。

「それで、お話というのはなにかな？」

目が糸のように細く、声のトーンは穏やかだ。

御年九十歳ともなると落ち着いている。めったなことでは動じない、どっしりとした雰囲気があった。

四人は座ることなくベンチの前に立っている。誰もが緊張の面持ちだが、やはり切り出したのは弘美だった。

「じつは、わたしの自宅の納屋で——」

古文書を見つけたこと。そこに書かれていた場所を探して、室岡家の庭で巻物を発見したこと。さらに巻物の情報をもとに、西のはずれにある山に登ったことを、かいつまんで説明した。

「ふむ。あの山に登りましたか」

神主は表情を変えずにつぶやいた。

「古文書には価値のある物と記されています。それを確認したかったのですが、山の頂上には不思議な匂いが漂っていて、作業の妨げになっているんです」

弘美は具体的になにが起きたかは告げず、ふんわりと話している。

お宝が見つかったら換金するつもりなのも、匂いを嗅いで発情したことも説明しなかった。

「ほう、変わった匂いですか」

神主の細い目がわずかに開いた。そして、四人の顔を順番に見つめて、小さくうなずいた。

「その匂いの正体を知りたい、ということですかな」

まさにそのとおりだ。

匂いの原因を突きとめれば、宝探しを再開できる。今のままでは、山に登っても荒淫に耽るだけだろう。

「あの山には登らないほうがよい。わたしに言えるのはそれだけです」

なぜか神主の口が重くなる。

先ほどまでは、なんでも答えてくれそうな雰囲気だった。ところが、いつしか表情も険しくなっていた。

「わたしは東京の大学で歴史民俗学を研究しています。古文書に興味を持って調査に参加しました。どうしても知りたいんです」

唐突に麻里が語りはじめる。

純粋に研究者として興味を持っていることをアピールする。なんとしても価値のある物を発見したいという熱意が感じられた。

「うちの庭に巻物が埋まっていたんです。夫が生きていたら、きっと気にすると思います。夫の墓前に報告させてください」

亜矢も熱く語り、深々と頭をさげる。若き未亡人の願いは、はたして神主の心に響いただろうか。

なにも発言していないのは直樹だけだ。

この状況で黙っているわけにはいかない。神主はなにかを知っている。それを教えてもらわなければ、ここから先には進めない。

「お、俺は……」

なにか言わなければと思って口を開く。

しかし、正直なところ、お宝にみんなのような思い入れがあるわけではない。そもそも、弘美とセックスしてしまったから、手伝っているだけだった。

「俺はお宝のことより、あの匂いが気になってるんです。うまく言えないけど……あれはよくないと思います。きっと人をダメにする。あんなものが広まったら、村のためにならない気がするんです」

気づくと必死にしゃべっていた。

あの異常なまでの興奮と快楽が忘れられない。今も心のどこかで求めている自分がいて、このままではいけないと思っていた。

「それで、あなたはどうすればいいとお考えですか」

神主が穏やかな声で語りかけてくる。

「村のために、匂いのもとを絶つべきだと考えています。でも、どうすればいいのかわからないんです」

みんなのように説得力はないかもしれない。それでも直樹は正直な気持ちを言葉にした。

神主がなにかを考えるように黙りこむ。もう誰も口を開く者はいない。重い沈黙が流れて緊張感が高まった。

「わかりました」

おもむろに神主が口を開いた。抑揚を抑えた低い声が、境内の静謐な空気を振動させた。

「あなた方の熱意が伝わりました。お教えしましょう」

いざそのときが来たら、本当に聞いていいことなのか不安になる。全員が真剣な表情で神主の言葉に耳を傾けた。

「匂いは、ある植物が発しています。世間的には知られていない、この村にだけ自生する植物です」

昔から西のはずれにあるあの山の頂上に生えているという。

その植物を加工すると特殊な効果を発揮する。葉や茎を煎じて飲んだり、乾燥させてキセルで吸うと、疲れが吹き飛ぶらしい。どんなに疲労が蓄積していても、たちまち元気になり、いくらでも働けたという。

「その効果は絶大で、その昔、この村に水路を引くときに利用されたのです」

神主の言葉を聞いて、これまで不思議に思っていたことが腑に落ちた。

この村には灌漑設備が整っている。周辺の村にはない立派な水路が、この村にだけはある。かつては廃れていた村が、農業で見事に立ち直った。米作りをすることで豊かになったのだ。

だが、山から水路を引くには莫大な労力を必要とする。生きていくのにやっとだった人たちが、どのように協力して水路を引いたのか疑問だった。先人たちの努力だけでは説明がつかないと思っていた。今まさに、その謎がすべて解けた。

「そして、あの植物は春先だけ、媚薬的な香りを放ちます。それを嗅ぐと、あらゆる動物が発情して交尾をはじめる。もちろん、人も例外ではありません」

まさに今がその時期だった。

亜矢以外は心当たりがある。直樹、弘美、麻里の三人は、さりげなく神主から視線をそらした。

「昔の人たちは、生きるためにその植物が必要だったということです」

神主は淡々と語りつづける。

山から麓におろして栽培しようと試みたが、うまく育たなかったという。結局、山で自生しているものを採るしかなかった。だから、山小屋まで建てて、管理していたらしい。

「でも、当時はわからなかったが、今の法律だと違法薬物に当たるようです」

神主はそこでいったん言葉を切った。

つまり、その植物は麻薬のようなものらしい。そうとわかった以上、使うわけにはいかない。水路が引けたことで農業が盛えて、村が豊かになったこともあり、体に違法薬物を入れてまで働く必要はなくなった。

「だから、人々はあの山には寄りつかないようになったのですよ」

衝撃的な事実を知らされて、四人は言葉をなくしていた。

村の発展には、そんな秘密が隠されていたのだ。水路が作られたのは、百年以上も前だと聞いている。麻薬成分がある植物の力を借りて、昔の人たちは必死に水路を引いたのだろう。

その植物が今も山の頂上に自生している。違法薬物だとわかっているなら、やはり根絶するべきではないか。

直樹が話しかけようとしたとき、神主がふと笑みを浮かべた。

「これで、価値のある物がなんなのか、わかりましたね」

いったい、どういうことだろう。

四人は思わず顔を見合わせた。貴重な話の数々を聞かせてもらったが、お宝のヒントが隠されていたのだろうか。

「えっ、もしかして……」

弘美が小さな声でつぶやいた。

「そんな、まさか……でも……」

めずらしく動揺している。頬の筋肉をひきつらせて、なにやら独りごとをくり返していた。

「どうやら、おわかりになったようですね」

神主が語りかけると、弘美は首を左右に振りはじめる。自分の考えが間違っていることを願うが、それが正解だとわかっているのだろう。絶望的な表情になり、下唇を嚙みしめた。

すると、麻里と亜矢もはっとした顔をする。どうやら、ふたりもお宝の正解に行きついたらしい。

「神主さん――」

（どういうことだ？）

直樹だけがわかっていない。ひとりで首をかしげて、みんなの顔を順番に見つめていた。

「村を豊かにしたのは水路です。稲作が盛んになったことで、村は劇的に変わりました。そして、水路を作るために必要だったのが、あの植物なんです」

神主が穏やかな声で説明してくれる。

「今は違法薬物に指定されてしまいましたが、当時の村人たちにとっては、とても大切なものでした」

「それって、もしかして……」

直樹にもようやくわかってきた。

古文書と巻物に記載されていた情報によると、山の頂上にお宝があるらしい。そして、あの植物が自生しているのは山の頂上だけだという。

「うむ。あなた方が言っている価値のある物とは、あの植物のことですよ」

神主の言葉が静かに響いた。

確かに、村の生活が豊かになったのは、あの植物のおかげだ。当時の村人たちにとって、活力を与えてくれた植物はとても貴重な物だったのだろう。だから、価値のある物として古文書に記されたのだ。

「でも、今となっては、もう必要のない物になってしまいました。そして、違法薬物です。そこで、ひとつ相談があるのですが」

神主の声のトーンが変わった。

「どうか、みなさんであの植物を焼き払っていただけないでしょうか」

「焼いてしまうのですか？」

弘美が驚きの声をあげる。

もともと、お宝を発見したら換金するつもりだったのだ。まだ諦めきれないのか、口惜しそうな顔をしている。

「違法薬物ということは、それを扱えば犯罪になるということですね」

麻里が遮るようにつぶやいた。

おそらく弘美の内心を見抜いて、牽制するつもりで言ったのだろう。大学時代からのつき合いなので、弘美の性格を知りつくしている。だが、それでも弘美は引こうとしなかった。

「なにか利用価値があるかもしれないし、少しくらい残しておいても――」

「弘美さん……」

直樹は思わず呼びかけた。

「俺は残さないほうがいいと思う」

きっぱり言いきった。

普段は弘美に意見することはない。なにか言うにしても、もう少し言葉を選ぶ。だが、今回ばかりは黙っていられなかった。

「俺はこの村が好きなんだ。平和で穏やかな村を守りたい。その植物があると、いずれ村に悪いことが起きる気がする」

かつては村を救った植物だが、現在においては厄介な物でしかない。

「もし、そんな植物があることを悪いやつらが知ったら、この村まで刈りに来るかもしれない。金になるなら、なんでもする連中がいるはず。そんなやつらに村を荒らされたくない」

気づくと熱弁していた。

植物を放っておけば、いずれ村に災いが起きるのではないか。これまで大丈夫だったからといって、これからも安全だとは限らない。秘密を知った以上、事前に防いでおきたかった。

「そうですね。直樹さんの言うとおりだと思います」

亜矢がぽつりとつぶやいた。

隣村から嫁いできて数年が経ち、すっかり村の人になっている。村を守りたい直樹の気持ちは伝わったようだ。

「わたしも、直樹くんの意見に賛成です」

麻里も同調してくれる。村に住んでいるわけではないが、直樹の熱い思いを理解してくれたのだろう。

「弘美さんも、わかってくれるよね」

直樹が語りかけると、弘美は渋々ながらもうなずいた。

「そこまで言うなら……仕方ないわね」

都会志向の強い弘美だが、故郷を大切に思う気持ちもあるのだろう。もったいないと思っているが、それでも直樹の説得に応じてくれた。

「直樹がわたしを説き伏せるなんて……大人になったのね」

弘美はぽつりとつぶやくと、直樹の顔をまじまじと見つめる。そして、気持ちを入れ替えたように、みんなを見まわした。

「そうと決まったら、さっそく焼き払いに行きましょう」

いつもの調子が戻っている。弘美がそう告げると、みんなは力強くうなずいた。

「頼もしいですね。みなさん、よろしくお願いします」

神主が立ちあがって頭をさげる。

村の長老にお願いされたら、手を抜くことはできない。一本残らず焼き払うことを心に誓った。

# 3

弘美の離れに戻ると、まずは軽く腹ごしらえをしてから、必要な物の準備に取りかかった。

山の頂上に登れば、強烈な媚薬の香りが漂っているはずだ。風向きによって効果が出るまで時間差はあるが、吸ってしまったら耐えられない。媚薬を吸わないようにするため、農薬散布用のマスクを着用することにした。

あとはスコップや鎌、野焼きに使うライターなどを用意して、さっそく四人は山に向かった。

十数分後、村の西のはずれにある山の麓に到着した。時刻は午後一時をすぎたところだ。登ってから野焼きをすることを考えると、のんびりしていられない。

「俺が先に登るので、みなさん、ついてきてください」

男の直樹が先頭に立ち、山の斜面を登りはじめる。

これまではお宝を探すためだったが、今日はお宝を燃やすことが目的だ。努力が無駄になってしまった気はするが、不思議と悲しみは感じていない。それよりも使命感が胸に湧きあがっていた。

（きっと、みんなも……）

ふと背後を振り返る。

おそらく、誰もが村のためを思っている。最初はあれほど渋っていた弘美も、今は気合の入った表情になっていた。

途中、休憩を挟んで、三十分ほどで頂上に到着した。

神主に聞いた話によると、この草むらの奥まで行くと、例の植物が自生しているらしい。まずはそこまで無事にたどり着くことが先決だ。

「みなさん、マスクをつけてください」

直樹は背負っていたリュックからマスクを取り出して、全員に配った。

とりあえず、すぐに用意できた農薬散布のときに使うマスクだ。通常のマスクより、媚薬を遮断できるのではないかと思った。

「この奥って言ってたわよね。それなら、森のなかを通ったほうが早いわね」

弘美が声をかけてくる。

確かに、森からまわりこんだほうが時間を短縮できる。媚薬を吸いこむリスクも減らせるはずだ。四人はさっそく森に入り、雑草地帯を避けて前に進んだ。

「おっ、ここだな」

森のなかから見えていた雑草が、別の植物に変わった。

葉がキザキザしており、マスクごしでもハーブのような匂いを確認できた。これが例の植物に違いない。

「長居は危険です。早く燃やしましょう」

そう提案したのは麻里だ。

「なんか、怖いです」

亜矢は怯えた表情でつぶやいた。

ひとりだけ媚薬を吸った経験がないので、恐怖が先行しているらしい。植物に近づきたくないのか、じりじりとあとずさりした。

「直樹、ライターを出して」

「うん」

直樹はリュックからライターを出して全員に配る。そして、まずは自分が植物に歩み寄った。

「やってみるよ」

ライターの火を葉に近づける。

乾燥していない植物は、そう簡単には燃えないと聞いたことがある。ところが、いとも簡単に火がつき、白い煙があがった。

「意外と燃えやすいのね」

弘美もライターで葉に火をつけた。麻里と亜矢も同じように葉を燃やして、瞬く間に白煙がひろがっていく。

「すごいな。大火事にならないよね」

ふと心配になってつぶやいた。

「大丈夫って、神主さんは言ってたけど……」

弘美の声も不安げだ。

神主の話によると、この植物は油分を多く含んでいるためよく燃えるが、そのぶん燃えつきるのも早いという。だから、ほかの植物まで巻きこんで大火事になる心配はまずないらしい。

「確かに燃えるのは早いですね」

麻里が眼鏡のブリッジを指先で押しあげて言った。これなら四人で手分けしてすべてを焼き払うことができるだろう。

直樹は次々と植物に火をつけていく。弘美たちも彼にならって火を放った。

「すごい煙……」

作業しながら、ふと周囲を見回すと、亜矢が空に立ちのぼる白煙をぼんやり見あげていた。

先ほどまで怯えていたのに、瞳がしっとり潤んでいる。マスクをしているのでわかりにくいが、表情も呆けたようになっていた。

「大丈夫ですか？」

直樹はいやな予感を覚えて声をかける。

以前、山に登ったとき、麻里と弘美もこんな瞳になっていた。焦点が合わなくなったと思ったら、発情して迫ってくるのだ。

（まさか……）

媚薬の影響を受けてしまったのではないか。

早くここを離れた方がいい。急がないと手遅れになる。そう思ったときには、直樹も目眩を覚えていた。

（ううっ……や、やばい……）

いつしかハーブにも似た甘ったるい匂いが蔓延している。

気づいたときには手足が重くなっており、頭の芯がジーンと痺れていた。これは紛れもなく媚薬を嗅いだときの症状だ。

火を放ったことで、媚薬の成分が一気に溢れ出たのかもしれない。先日嗅いだときより、強烈な香りが漂っており、マスクなどまったく意味を成していなかった。鼻から口から、媚薬がどんどん流れこんでくる。

「い、急がないと……」

直樹はふらつきながらも弘美の姿を探した。

白煙でけぶるなか、弘美がぼんやり立っていた。こちらに背中を向けて、燃える植物を眺めている。

「いったん、ここを離れよう」

背中に声をかけるが、聞こえていないのかまったく反応しない。直樹はなんとか歩み寄って、彼女の肩に手をかけた。

「ひ、弘美さん、早く……」

「直樹……」

弘美がゆっくり振り返る。

こちらを見つめてる瞳はしっとり潤んでいた。なぜかマスクをはずしており、唇を半開きにして胸を喘がせている。

「マ、マスク……しないと……」

懸命に声をかけるが、もう弘美の心には届いていない。媚薬の影響を受けているのは明らかだ。

「し、しっかりして……」

直樹は弘美の手首をつかみ、燃え盛る植物から離れようとする。ところが、振り返ると、目の前に麻里と亜矢が立っていた。

「麻里さん、亜矢さん、ここにいたら危険ですっ」

必死に訴えるが、もうふたりの心には届いていなかった。

やはりマスクをはずしている。瞳がぼんやりしており、意識が朦朧としているようだった。

「そ、そんな……」

直樹も頭がボーッとして、なにも考えられなくなってくる。波に揺られる小船のように、体が常にゆらゆらしていた。

(ダ、ダメだ……なんとかしないと……)

頭ではそう思っている。

だが、麻里と亜矢が正面から迫ってきて、背後から弘美が抱きついてくる。魅力的な女性三人に挟まれると、理性がガラガラと音を立てて崩壊した。

## 4

「直樹くん……」

麻里が眼鏡のレンズごしに熱い眼差しを送ってきたかと思うと、いきなり唇を重ねてきた。

「ま、麻里さん……うむっ」

柔らかい唇が触れた直後、麻里の舌がヌルリッと入りこんだ。口のなかを舐めまわされて、無意識のうちに舌を伸ばしてしまう。すると、すかさずからめとられて、唾液ごとジュルルッと吸いあげられた。

「直樹さん、わたしも……」

亜矢も横から迫ってくる。耳もとでささやき、そのまま熱い吐息を吹きこんだ。耳たぶを口に含み、舌をヌルヌルと這いまわらせる。耳孔に舌が侵入して、湿った音を響かせながら、ねちっこく舐めまわした。

「ううッ」

たまらず呻くと、今度は背中に抱きついていた弘美がうなじにキスをする。

「ああっ、直樹……」

喘ぎながらつぶやき、舌を伸ばして舐めまわす。体の前にまわしこんだ両手で直樹のマスクを奪うと、ダンガリーシャツの上から乳首をいじってきた。

「くッ……ううッ」

もどかしい快感がひろがり、無意識のうちに腰をよじってしまう。そうやって反応すると、女性たちはますます愛撫を加速させた。

麻里が口内をしゃぶりまわし、唾液をトロトロと流しこんでくる。直樹は反射的に嚥下して、甘くてとろみのある唾液を味わった。

亜矢は執拗に耳を舐めてくる。そして、舌先を耳穴に埋めこんで出し入れする。思わずセックスを連想すると、全身の感度が一気にアップした。

弘美も女体をぴったり寄せている。乳房のふくらみを背中に感じて、期待がふくらんでしまう。もう二度と弘美と交わることはないと思っていたので、気分がどんどん盛りあがった。

「お、俺……俺も……」

興奮のあまり、声がうわずってしまう。

とにかく、三人と思いきり淫らなことがしたい。裸になって、心ゆくまでからみ合いたい。欲望のままに腰を振り合いたかった。

植物は轟々と燃えている。その熱気でまったく寒くない。暑いくらいで、実際、四人とも汗ばんでいた。

「も、もう、服なんて……」

直樹は抑えが利かなくなっていた。

ダンガリーシャツから腕を抜き、チノパンとボクサーブリーフを一気におろす。ペニスはとっくに勃起しており、先端から我慢汁が溢れていた。チノパンとボクサーブリーフを脚から抜き、裸にスニーカーだけを履いた格好になった。

すると、ほかの三人も躊躇することなく服を脱ぎはじめた。

麻里がブラウスとジーパンの下に身に着けていたのは、純白のブラジャーとパンティだ。両手を背中にまわしてホックをはずすと、カップを押しのけて大きな乳房がまろび出た。

「あンっ……やだ、もうこんなに……」

濃い紅色の乳首が、触れてもいないのに屹立している。下膨れした柔肉が、まるで誘うようにタプタプ揺れていた。

さらにパンティもおろすと、漆黒の陰毛が溢れ出す。内腿をぴったり寄せて、くびれた腰をよじる姿が艶めかしい。これで麻里が身に着けているのはスニーカーと眼鏡だけになった。

「なんだか、身体が熱いんです」

亜矢も恥じらいながら、レモンイエローのブラジャーとパンティだけになる。

頰を赤く染めてブラジャーを取り去ると、張りのある乳房が現れた。濃いピンクの乳首は充血して硬くなっていた。パンティもおろすと、恥丘にそよぐ黒々とした陰毛が露になる。

若き未亡人が、森のなかで全裸になったのだ。自分で脱いでおきながら、耳までまっ赤に染めている姿に惹きつけられた。

「直樹……わたしのことも見て」

弘美もすでに下着姿になっている。抜群のプロポーションを包んでいるのは、色っぽい黒のブラジャーとパンティだ。

直樹の視線を意識しながらホックをはずすと、手でカップを押さえて徐々にずらしていく。たっぷりした乳房が露出した瞬間、直樹は思わず目を見開いた。淡いピンクの乳首が、ぷっくりふくらんでいる。媚薬を嗅いだことで、どうしようもないほど興奮しているのは明らかだ。

パンティをおろせば、逆三角形に整えられた陰毛が現れる。尻を左右に振りながら引きさげて、スニーカーを履いた足から抜き取った。

（こ、こんなことが、現実に……）

直樹は瞬きするのも忘れて、三人の女体を眺めまわした。

昼間の森のなかで、全員が裸になっている。しかも、誰もが発情しており、ハアハアと息を乱しているのだ。女性たちは内腿をモジモジ擦り合わせて、潤んだ瞳を直樹に向けていた。

股間からペニスが隆々と屹立している。そこに視線が集中することで、ますます男根は逞しく成長した。

「直樹くん、すごいわ」

「ああっ、もうこんなに……」

麻里と亜矢がつぶやき、直樹の目の前でしゃがみこむ。そして、ふたりはペニスに顔を寄せると、競うように左右から舐めはじめた。

「はあンっ、硬い……」

ピンクの舌を伸ばして、麻里が竿を根元から先端に向かって舐めていく。舌先がカリを通過するとき、思わず腰に震えが走った。

「ううっ……」

その間に亜矢は陰嚢を舐めまわす。

唾液を乗せた舌を伸ばして、皺袋をやさしく撫でている。唾液が皺の間に入りこむことで滑りがよくなり、快感が大きくなっていく。

「くううっ」

たまらず呻き声を漏らすと、尻たぶに手のひらが触れるのがわかった。

振り返った視線の先には弘美がいた。真後ろにしゃがみこみ、両手を直樹の尻にあてがっている。臀裂を割り開くと、剝き出しになった肛門に口づけした。

「うおっ……そ、そこは……」

「ここも気持ちいいでしょ。はむンっ」

弘美は躊躇することなく舌を伸ばして、尻穴を舐めまわしてくる。舌先でくすぐったかと思えば、唾液をたっぷりぬりつける。そして、唇で覆ってジュルルッと吸いあげるのだ。

「おッ、おおおッ」

不浄の穴をねぶられることで、背徳的な快感がひろがった。刺激が強すぎて、腰を思わず前に逃がす。すると、麻里と亜矢にペニスを突きつける格好になってしまう。

「すごく大きくなってます……ンンっ」

麻里がささやき、亀頭に舌を這わせてきた。尿道口を舐めまわしたかと思えば、唇を密着させて吸引する。尿道のなかの我慢汁が吸い出されて、背すじを快感が駆けあがった。

「ううううッ、い、いいっ」

直樹がたまらず呻くと、亜矢の愛撫も加速する。脚の間に入りこみ、真下から陰嚢に舌を這わせてきた。

「こういうのは、どうですか……はンンっ」

ネロネロと舐めまわしては、玉袋を口に含んで双つの睾丸を転がされる。強烈な快感がひろがり、反射的に腰を引いた。

「き、気持ちいいっ、ううぅッ」

「あンっ、こっちも、もっとよくしてあげる」

背後で弘美がささやくのが聞こえる。

なにをするのかと思えば、とがらせた舌先を肛門の中心に押し当てた。軽く力を入れただけで、尻穴が圧迫されて内側に沈みこむのがわかった。

「ま、まさか……」

妖しい期待がふくれあがる。

このまま押されてたら、どうなってしまうのか。その直後、弘美の舌先が肛門を押し開き、ツプッとなかに入りこんだ。

「おうううッ」

全身の筋肉に力が入る。直樹は天を仰いで、呻き声をまき散らした。

青空に白煙がかかっている。あたりには媚薬の匂いが濃厚に漂っており、四人をますます発情させた。

「こ、これ以上されたら……」

絶頂が急速に迫っている。

なにしろ、三人がかりで愛撫されているのだ。亀頭と睾丸、それに肛門をそれぞれ舐めしゃぶられて、凄まじい快感の嵐が吹き荒れている。ペニスも尻穴も彼女たちの唾液でトロトロになっていた。

「直樹くん、どこが感じるんですか」

麻里が亀頭を吸いながら尋ねてくる。

唇をかぶせた状態で、舐めまわしては吸引することをくり返す。不意打ちのように尿道口をくすぐられるたび、我慢汁がトプッと溢れ出す。

「ううッ、そ、そこ……先っぽが気持ちいいです」

直樹は懸命に射精欲をこらえてつぶやいた。

「こっちは気持ちよくないですか？」

股の間から亜矢が語りかける。

顔を上向かせて、陰嚢を口に含んでいるのだ。舌の上に睾丸を乗せており、飴玉をしゃぶるように転がしていた。

「そ、それも、気持ちいいです……くううッ」

直樹が答えた直後、今度は尻穴に快感が突き抜ける。

ドリルのようにとがらせた舌が、より深い場所まで入ってきた。敏感な内側の粘膜を舐められて、頭のなかがまっ白になった。

「こんなに震えて……気持ちいいのね」

弘美は自分の愛撫に自信を持っているらしい。勝ち誇ったように言うと、尻穴をねぶりながら、尻たぶを手のひらで撫でまわす。そして、舌をピストンさせて、肛門をヌプヌプと犯しはじめた。

「くうううッ、そ、それ、ダ、ダメですっ」

慌てて訴えるが、弘美はやめようとしない。その間も、麻里が亀頭をしゃぶり、亜矢が睾丸を口に含んでいるのだ。

快感が次から次へと押し寄せてくる。なんとか耐えようとするが、三人が相手では勝ち目がない。三箇所から異なる快感を絶えず与えられて、ついに膝がガクガク震え出した。

「あンっ、お汁がたくさん出てきました」

「玉がキュウッてあがりましたよ」

「お尻の穴が締まったわよ。イキそうなのね」

三人が口々につぶやき、愛撫を加速させる。前後から濃厚にしゃぶられて、ついに射精欲が限界までふくらんだ。

「も、もうっ、うううッ、もうダメですっ」

直樹は右手で麻里の頭を、左手で亜矢の頭を抱えこむと、こらえきれない牡の咆哮を響かせた。

「おおおおッ、で、出るっ、くおおおおおッ！」

亀頭を咥えられたまま、思いきり精液を噴きあげる。射精と同時に麻里が亀頭を吸引して、亜矢が睾丸をしゃぶりまわす。弘美は肛門のなかで舌をうねらせた。

「おおおッ……おおおおッ」

射精が収まるかと思うと、二度目、三度目の波が押し寄せる。快感が途切れず、まるで放尿のようにザーメンが噴き出してとまらない。亀頭と睾丸と肛門を同時に舐められて、全身がバラバラになりそうな愉悦に包まれる。かつてないほど強烈な絶頂で、頭のなかがまっ白になった。

射精は延々とつづき、あまりの快感に危うく失神しそうになる。なんとか倒れずにすんだが、ペニスはまだ雄々しく屹立したままだった。

## 5

（今度は、俺の番だ……）

直樹は飢えた獣のように呼吸を乱しながら、三人の女たちを見まわした。

背後では植物が燃え盛り、妖しい匂いがひろがっている。この媚薬がある限り、淫らな狂宴は終わらない。

ペニスは萎えることなく、新たな我慢汁を噴きこぼしている。射精したにもかかわらず、ますます力強くそそり勃っているのだ。異常なほどの興奮が湧きあがり、今なら何度でも射精できる気がした。

麻里、亜矢、そして弘美の三人は、青空の下で身を寄せ合っている。期待に満ちた瞳を向けて、女体を誘うようにくねらせていた。

これまでに4Pの経験などあるはずがない。とにかく、近くの大木まで三人を連れていった。

「この木に手をついて、尻を突き出してよ」

直樹が命じると、三人は大木の太い幹に手をついた。右から麻里、亜矢、弘美の順番だ。

麻里の尻がいちばん肉づきがよくてむっちりしている。亜矢は未亡人だが若いだけあってプリッと張りがある。弘美の尻は適度に脂が乗っていて、なおかつ瑞々しい張りも保っていた。

(これはすごいぞ……)

圧巻の光景が目の前にひろがっている。

日の光が降り注ぐなか、三人の女性が裸体をさらしているのだ。こんな機会はそうそうない。直樹は鼻息を荒らげながら歩み寄った。

「な、直樹くん……あンっ」

麻里の尻を撫でると、とたんに甘い声を漏らして振り返る。

眼鏡をかけたまじめそうな顔が、うっすらピンク色に染まっている。腰をくねらせる姿に牡の劣情がそそられた。

「直樹さん……はンっ」

亜矢の尻たぶを平手で軽く打つと、女体がピクッと反応する。

夫を亡くして成熟した身体を持てあましているのだろう。強い刺激でもいやがるどころか、うれしそうに女体を仰け反らした。

「はあンっ……な、直樹」

弘美の臀裂を指先でスーッと撫であげると、とたんに身をよじる。

もう二度も身体を重ねているが飽きることはない。この敏感な反応を見ているだけで、ペニスを突きこみたい衝動がこみあげた。

(でも、まだだ……)

愛撫でしっかり昂ってから挿入したほうが、快感はより大きくなる。はやる気持ちを抑えて、まずは麻里の背後に歩み寄った。

「は、早く……」

愛撫の気配を感じたのか、麻里が待ちきれない様子でつぶやいた。

直樹は慌てることなく両肩に手のひらを置いて、ゆったりと撫でまわす。肌のなめらかさを楽しみながら手を前にまわして、双つの乳房に重ねていく。そして、おもむろに揉みあげた。

「あっ……」

麻里の唇から羞恥の喘ぎが溢れ出す。

柔肉に指が沈みこむと、とたんに腰をよじりはじめる。こうされることを望んでいたに違いない。彼女が反応してくれるから、なおさら愛撫に熱が入る。もっと感じさせて、大声で喘がせたい。

柔肉にめりこませた指を、徐々に先端へと滑らせていく。

「あああッ、い、いいっ」

思った以上に敏感な反応だ。

乳首を摘まみあげると、麻里は喘ぎ声をあげて腰を左右に振りたくる。指先でクニクニとよじるように転がせば、さらに反応が大きくなる。内腿を焦れたように擦り合わせて、湿った音が響きはじめた。

「これが感じるんですね」

さらに乳首を刺激すると、腰の悶えが大きくなる。それならばと指先で強めにキュッと摘まみあげた。

「ひあぁッ、ダ、ダメっ、あああッ」

麻里の声がいっそう大きくなる。

しかし、木の幹に手をついた格好を崩そうとしない。腰を九十度に折り、尻を大きく突き出して、されるがままになっていた。

本当は悦んでいるに違いない。直樹は背後でしゃがみこむと、尻たぶをつかんで臀裂を割りひろげる。濡れそぼった女陰が剝き出しになり、愛蜜がツツーッと滴り落ちた。それを見た瞬間、欲望に火がついて割れ目にむしゃぶりついた。

「あああッ、そ、そこです、はあああッ」

待ちに待った刺激を与えられて、麻里が手放しで喘ぎはじめる。

柔らかい女陰を口に含んでクチュクチュ鳴らすと、甘酸っぱい華蜜を思いきり吸いあげた。

「うむっ、すごく濡れてますよ」

陰唇に舌を這わせるたび、麻里の悶え方が激しくなる。

「だ、だって、直樹くんが……あああッ」

媚薬の効果なのか、瞬く間に高まっていく。華蜜がどんどん溢れ出して、とてもではないが舐めきれない。直樹は女陰を包みこむように口を密着させると、膣口に舌を差し入れながらジュルジュルと吸引した。

「はああァッ、そ、それ、激しいっ、ああァッ、はあああああァッ！」

麻里は背中を大きく反らして、呆気なく昇りつめていく。尻を突き出した恥ずかしい格好で、アクメの喘ぎ声を響かせた。

直樹はすぐさま隣の亜矢の背後に移動する。

尻たぶに両手を置くと、それだけで亜矢は身体をビクッと震わせた。麻里が昇りつめるのを目の当たりにして、欲望を昂らせていたに違いない。

「な、直樹さん……わ、わたしも……」

震える声で求めてくる。だから、直樹は遠慮なく臀裂を左右に割り開いた。

「こんなに濡らして……」

赤々とした女陰はぐっしょり濡れている。まだなにもしていないのに、白っぽい本気汁が溢れていた。

「こんなに興奮してたんですね」

思わず尋ねると、亜矢は顔を隠すようにうつむかせる。

「い、言わないでください……」

恥じらっているが否定はしない。

こうしている間にも、女陰の狭間から新たな華蜜が溢れ出している。股間を見つめられているだけでも高まっているのだろう。甘酸っぱい華蜜の匂いが濃厚に漂いはじめた。

「あ、亜矢さんっ」

興奮しているのは直樹も同じだ。たまらず女陰にむしゃぶりついた。

「はあああッ」

とたんに亜矢の唇からよがり声がほとばしる。

割れ目を舐めあげると、舌先でクリトリスを捉えて転がした。どこもかしこも愛蜜まみれでヌルヌルになっている。膣口に舌を挿れては、クリトリスに吸いつくことをくり返した。

「ああッ、い、いいっ……あああッ」

亜矢の喘ぎ声が早くも切羽つまってくる。充分昂っていたところにクンニリングスを施したのだから当然の結果だ。腰を右に左にくねらせて、ついには絶頂の波に呑みこまれた。

「も、もうダメですっ、あああッ、あああああああッ！」

甘ったるい声を響かせて、亜矢がアクメに昇りつめていく。膝までガクガク揺れたかと思うと、力が抜けてその場にしゃがみこんだ。

亜矢の絶頂を見届けて、直樹は隣にいる弘美の背後に移動した。

「弘美さん、お待たせ」

「ああッ、わたしにも……」

強がるかと思ったが、もうそんな余裕もないらしい。弘美は潤んだ瞳で振り返ると、媚びるように尻を揺らした。

直樹はさっそく尻たぶを左右に開いて、剝き出しになった股間をのぞきこむ。尻穴がキュッとすぼまっており、その下にサーモンピンクの陰唇がある。予想どおり、大量の華蜜にまみれて、内腿までぐっしょり濡れていた。

「お願い、早くぅ……」

ふたりが感じているところを見たことで、なおさら我慢できなくなっているのだろう。割れ目からは透明な愛蜜がジクジクと湧き出している。尻穴まで物欲しげにヒクついていた。

（そういえば、さっき……）

肛門をしつこく舐められたことを思い出す。

もしかしたら、弘美は尻穴が性感帯なのかもしれない。だからこそ、あれほど執拗に愛撫してきたのではないか。きっと自分がしてもらいたいことを、直樹にしていたに違いない。

（そういうことなら……）

お望みどおり、お返しをしてあげるべきだろう。直樹は尻肉をしっかりつかむと、剝き出しになった尻穴を舌先で小突いた。

「ひっ……」

弘美の唇から裏返った声が漏れる。

だが、直樹は尻穴から口を離さない。肛門の放射状にひろがる皺を、舌先でそっとなぞった。

「ひンンっ、ちょ、ちょっと……」

弘美はとまどった様子で振り返るが、体勢を崩すことはない。それどころか、瞳をとろんと潤ませて、ますます尻を突き出してくる。やはり尻穴を舐められることで感じているらしい。

「これが好きなんだね……うむっ」

直樹は自分がやられたように、とがらせた舌先を肛門の中心部に押し当てた。

「ま、待って、直樹――ひあぁッ」

制止の声を無視して、舌先に力をこめる。すると、たっぷり舐めたことでほぐれたのか、尻穴はいとも簡単に直樹の舌を受け入れた。

「はううッ、そ、そんな……」

弘美の声から力が抜けていく。

抗っているようだが、じつは尻穴への愛撫を望んでいた。今こうしている間も、尻ように蠢いている。

を突き出しているのがその証拠だ。尻たぶは歓喜に震えており、肛門は舌を歓迎する

(俺、弘美さんの尻を舐めてるんだ……)

心のなかでつぶやくと、ますます気分が高揚した。

直樹は夢中になって弘美の尻穴をねぶりまわし、挿入した舌をズプズプと出し入れする。すると、尻たぶの震えが大きくなり、腰も右に左に揺れはじめた。弘美が感じているのは間違いない。

「ダ、ダメっ、お尻ばっかり……あああッ」

喘ぎ声に誘われて、直樹は舌をできるだけ奥まで埋めこんだ。

「はあああッ」

弘美が絶頂への急坂を昇っていく。だが、なかなか頂上にはたどり着けない。尻穴だけでイクのは、そう簡単なことではないようだ。

(じゃあ、これならどうだ……)

直樹は尻穴に舌を挿れたまま、右手の中指を膣口に押し当てた。

「ああッ、そ、そんな、今は――はあああッ」

中指を埋めこむと同時に喘ぎ声が大きくなる。女体が激しく痙攣して、肛門が舌を締めつけた。その状態で中指をピストンさせると、ついに弘美の唇からよがり泣きが

ほとばしった。

「あああッ、い、いいっ、もうダメっ、あああッ、はあああああッ！」

あられもない嬌声を響かせて、弘美が尻穴への愛撫で昇りつめる。女体がガクガクと痙攣しながら大きく仰け反った。

直樹が臀裂から顔をあげると、弘美は痙攣しながらくずおれそうになる。とっさにうしろから抱きしめて、なんとか支えた。

「大丈夫？」

「え、ええ……ありがとう」

耳もとでささやけば、弘美は呆けた顔で返事をする。だが、激しい絶頂の余韻で、まともに立っていられないようだ。

「また相手をしてあげるから、ちょっと休んでて」

弘美を木に寄りかからせると、直樹は立ちつくしている麻里に歩み寄った。

6

「さっきと同じ格好をしてください」

うしろから思いきり貫きたい。直樹は興奮を抑えられず、飢えた獣のように鼻息を荒らげていた。

「うしろから……ですか？」

麻里はとまどいの声を漏らすが、そそくさと両手を木について前かがみになる。期待しているのは明らかで、必要以上に尻を後方に突き出すと、見せつけるように左右に揺らした。

「直樹くん、来てください」

普段の淡々とした感じではなく、甘えるような話し方になっている。やはり性欲はつきていないらしい。麻里は人妻だというのに、直樹のペニスを求めている。尻を振って、貫かれることを望んでいた。

「じゃあ、いきますよ」

直樹は彼女の背後に陣取ると、濃い紅色の陰唇に亀頭を押し当てる。あとは軽く体重をかけるだけで、蕩けきった割れ目はいとも簡単にペニスの先端を呑みこんだ。

「あああッ、こ、これ、これがほしかったんです」

背中がググッと反り返り、麻里の唇から艶めかしい声があがる。

膣襞が激しく波打ち、いきなり亀頭にからみつく。そして、表面を舐めるように這いまわった。

「ううぅッ、麻里さんのなか、すごくウネウネしてますよ」

快楽にまみれながら、くびれた腰をつかんで腰をさらに押しつける。ペニスを一気に送りこみ、根元までびっちり挿入した。

「はあああッ、す、すごい……直樹さんでいっぱいです」

麻里が前かがみの姿勢で振り返る。見つめてくる瞳は潤んでおり、さらなる刺激を求めていた。

彼女が望んでいるのなら遠慮することはない。直樹は欲望のままに腰を振りはじめる。ゆっくり動かしたのは最初の数回だけだ。すぐに力強いピストンを繰り出し、ペニスを抜き差しした。

「ああッ……ああッ……」

麻里の喘ぎ声が森のなかに響きわたった。

例の植物は燃えつづけており、白煙が霧のように立ちこめている。興奮はいっこうに冷めることなく、屋外での立ちバックで腰を振り立てた。

「は、激しいです、あああッ」

「もう腰がとまりませんっ、おおおッ」

直樹が唸り声をあげると、ふいに亜矢と弘美が歩み寄ってくる。

「直樹さん、わたしにもあとでしてくださいね」

亜矢はそう言うなり、直樹の右乳首に吸いついた。

「わたしも、また興奮してきちゃった」

弘美も媚びた笑みを浮かべて左の乳首を舐めまわす。

「ちょ、ちょっと……ううぅッ」

鮮烈な快感がひろがり、腰の動きが加速する。

麻里と立ちバックでつながりながら、左右の乳首を舐めしゃぶられているのだ。舌が這いまわるたびに愉悦が生じて、その刺激がペニスに伝播(でんぱ)する。全身の感度があがり、我慢汁がドクドク溢れた。

「おおおッ、き、気持ちいいっ」

もう力をセーブできない。欲望に流されて、ひたすらに腰を振りつづける。ペニスを全力でたたきこみ、濡れそぼった女壺をえぐり立てた。

「あああッ、い、いいっ、気持ちいいですっ」

麻里の喘ぎ声も高まっていく。突き出した尻が小刻みに震えて、膣の締まりが強くなった。

「くううッ、す、すごいっ」

直樹が唸ると、亜矢と弘美が乳首を甘く吸いあげる。その刺激が射精欲をうながし、さらに強くペニスを突きこんだ。

「はあああッ、も、もうダメっ、あああぁッ、イックうううッ!」

麻里が木の幹に爪を立てて、絶叫にも似たよがり泣きをほとばしらせる。顔が跳ねあがり、背中が折れそうなほど反り返った。

「おおおッ、で、出るっ、ぬおおおおおおッ!」

直樹にも限界が訪れる。凄まじい勢いで精液が尿道を駆けくだり、尿道口をくすぐりながら噴きあがった。

左右の乳首を吸われることで射精の快感が倍増して、全身のあらゆる筋肉が痙攣する。これまでにない愉悦が湧きあがっている。射精するたび快感が大きくなり、頭のなかが熱く燃えたぎっていた。

「ねえ、直樹さん……」

亜矢が肩にしなだれかかってくる。

瞳をとろんと潤ませて、唾液で濡れた乳首を指先でいじっていた。麻里が絶頂に達するのを見たことで、興奮を抑えられなくなったらしい。

「わたしも……お願いします」

懇願されたら断れない。未亡人が直樹のペニスを求めている。そう思うだけで、欲望がむくむくと頭をもたげた。

(できる……まだできるぞ)

直樹は腹のなかでつぶやき、麻里の膣からペニスを引き抜いた。

媚薬の匂いがある限り、何回でも射精できる気がする。男根は黒光りして、臍につくほど屹立していた。

「亜矢さんっ」

名前を呼ぶなり、亜矢の肩をつかんで木の幹に押しつける。

亜矢は木に背中を預けた格好だ。直樹は正面から迫り、右手で彼女の片脚をつかんで脇に抱えた。腰を少し沈ませると、そそり勃つ肉棒の先端をヒクつく女陰に押し当てる。

「ああっ……く、ください」

懇願の声が直樹を奮い立たせる。真下から貫くように、ペニスを一気に根元まで埋めこんだ。

「ぬおおおッ」

「はああッ、い、いきなりっ、あああああッ」

女体が大きく反応して、蜜壺が思いきり収縮する。待ち望んでいた肉棒を挿入されたことで、亜矢が艶めかしい声を振りまいた。

「これがほしかったんですよね」

直樹は興奮にまかせて腰を振る。蠢く膣襞の感触に誘われて、ペニスを力強く抜き差した。

「あぁッ、あぁッ、い、いいっ、いいですっ」

亜矢は乳房を弾ませながら喘ぎ、両手を伸ばして直樹の首に巻きつける。そして、キスを求めるように引き寄せた。

「亜矢さんっ、うむっ」

すぐに唇を重ねると、そのまま舌を差し入れる。どちらからともなく舌をからめて、ディープキスをしながら腰の動きを加速させた。

「はむッ……あむぅッ」

密着した唇の隙間から、亜矢のくぐもった喘ぎ声が漏れる。

ペニスを突きこむたびに女壺の締まりが強くなり、張り出したカリが膣壁にめりこんでいく。その結果、ふたりの受ける快感がより大きくなる。膣壁とカリが擦れる刺激がたまらない愉悦を生み出した。

「おおおッ、す、すごいっ」

「あぁッ、も、もうっ、直樹さんっ」

直樹が唸れば、亜矢も喘ぎ声を振りまく。快感が快感を呼び、着実に絶頂が近づいてくる。

そのとき、弘美が直樹の背中に抱きついた。柔らかい乳房が触れて、プニュッとひしゃげるのがわかる。その感触だけでも、射精欲が盛りあがった。

「直樹……すごいのね」

弘美が耳もとでささやき、うなじにキスの雨を降らせる。さらに右手を尻側から潜りこませて陰嚢に触れてきた。

「ちょ、ちょっと……」

「早くわたしにもして……」

なにをするのかと思えば、皺袋のなかの睾丸を転がしはじめる。そして、不意を突くように太幹の根元をキュッとつかんだ。

「くううぅッ」

たまらず呻き声が溢れ出す。立位で亜矢とセックスしているのに、睾丸を刺激されたのだ。強烈な快感が一気に全身を駆けめぐった。

「もっとよ。もっとよくしてあげる。だから、早く終わりなさい」

弘美はさらに左手を体の前にまわしこみ、指先で乳首を摘まんだ。

「ううッ、き、気持ちいいっ」

射精欲が急速に成長する。自然とピストンが速くなり、ペニスを力強くスライドさせた。

「ああぁッ、い、いいっ、すごくいいですっ」

亜矢の喘ぎ声が大きくなり、愛蜜の量も倍増する。直樹の腰の振りに合わせて股間を突き出し、貪欲に快楽を求めはじめた。

「お、俺、ううウッ、もうっ」

背後から弘美に陰嚢を愛撫されているのだ。その刺激が肉棒に伝わり、頭のなかが沸騰しそうな悦楽が押し寄せた。

「おおおッ、おおおおおッ」

一心不乱にペニスを突きこみ、絶頂に向かって加速する。もう昇りつめることしか考えられない。

「ああぁッ、は、激しいっ、もうイキそうですっ」

亜矢が訴えた直後、膣が猛烈に締まってペニスを締めつけた。

「はあああぁッ、イ、イクっ、イッちゃうっ、あぁああああああッ！」

ついにアクメのよがり泣きが響きわたる。亜矢は全身を痙攣させながら、絶頂へと昇りつめた。

「ぬおおおおおおおッ！」

引きずられるように直樹も精液を噴きあげる。ペニスを根元まで埋めこみ、思う存分、欲望を解き放った。

快楽の嵐に巻きこまれて、もうなにも考えられなくなる。何度射精しても興奮が収まることはない。むしろ獣欲はふくれあがり、早くも次の得物を探している。背後を振り返ると、そこには発情した牝の姿があった。

「直樹……抱いて」

弘美は瞳を濡らしてつぶやくと、地面に落ちている服の上に横たわる。そして、両手を伸ばして直樹を誘った。

「ひ、弘美さんっ」

迷うことなく女体に覆いかぶさる。萎えることを忘れたペニスを突き立てて、女壺の奥まで挿入した。

「あああぁッ、直樹っ」

弘美の喘ぎ声が、鼓膜を心地よく振動させる。何度味わっても最高の女壺を、欲望にまかせてグイグイとえぐっていく。

「ああッ、素敵よ、あああぁッ」

「くううッ、すごく濡れてる」

濡れ襞の感触に唸り、自然とピストンが加速する。蜜壺が強く締まって、快感がさらに大きくなった。

ふと見やると、麻里と亜矢は木の根元に座りこんでいる。満足したのか呆けた顔で視線を宙に向けていた。

例の植物は大方焼けている。まだ白い煙が漂っているが、媚薬の匂いは薄れている気がした。

（きっと、もうすぐ……）

終わりを予感しながら腰を振る。両手を伸ばして乳房を揉みあげて、硬くなった乳首を指先で転がした。

「あああッ、い、いいっ、すごいわ」

快感が強すぎるのか、弘美が涙を浮かべながら喘いでいる。

直樹のピストンに合わせて股間をしゃくることで、ペニスがより深い場所まで入っていく。女壺は意思を持った生物のようにうねり、太幹をあらゆる角度から猛烈に締めあげた。

「くうううッ、し、締まるっ」

直樹は懸命に奥歯を食い縛り、射精欲に抗った。

これが最後のセックスになるかもしれない。あの植物がすべて焼けたら、もう弘美と交わることはないだろう。だからこそ、最後の瞬間を少しでも遅らせたい。この快感を一秒でも長く味わっていたかった。

「も、もっと、あああッ、もっと……」

しかし、弘美はさらなる愉悦を求めている。強く突いてほしいと涙を流しながら懇願していた。

「ひ、弘美さんっ……おおおッ」

腰を振るほどに快感が大きくなり、遠くに見えていた絶頂が迫ってくる。ペニスを突きこむたび、膣の締まりが強くなった。

「くうッ、そ、そんなにされたら……」

「あァッ、いいっ、いいのっ、直樹っ」

弘美が名前を呼んでくれるから、直樹の気持ちは盛りあがる。ピストンを抑えることができず、絶頂に向かって一気に加速した。

「おおおッ、おおおおおおッ」

「いいっ、気持ちいいっ、はあああッ」

ふたりの結合部分から、我慢汁と愛蜜が弾けている。息を合わせて腰を振ることで、絶頂の大波が轟音を響かせながら迫ってきた。

「も、もうっ、俺っ」

「あああッ、わたしも、いっしょに……」

ふたりは強く抱き合うと同時に、凄まじい快楽に呑みこまれる。

「おおおッ、で、出るっ、出る出るっ、くおおおおおおおおッ！」

「あああッ、イクっ、イクイクっ、あああッ、あぁあああああああッ！」

直樹の呻き声と弘美のよがり声が重なった。

精液をドクドクと噴きあげれば、女壺がうれしそうに激しくうねる。ふたりは絶頂に達している間も腰を振り、最後の絶頂を貪りつづける。

「き、気持ちいいっ、弘美さんっ、す、すごいっ」

直樹は膣の強烈な締まりを感じながら、睾丸のなかが空になるまでザーメンを放出した。

「ああああッ、直樹っ……直樹っ……」

弘美は熟れた身体を痙攣させて、最後のアクメに酔いしれる。涙を流すほどの絶頂に身をゆだねていた。

ふたりはきつく抱き合い、絶頂のなかを漂っている。

この快楽を手放したくない。しかし、どんなに願っても、頭の片隅では終わりが来ることを理解していた。

呼吸が整うまで、どれくらい経ったのだろうか。

あの植物は大半が焼けてしまった。まだ白い煙が燻(くすぶ)っているが、ハーブにも似た甘ったるい匂いは、もうほとんどしなくなっていた。

「直樹……」

耳もとで弘美がささやく。下から直樹の肩をそっと抱き、やさしげな瞳で見あげていた。

「まだ硬いのね」

そう言われて、はじめて気づく。膣に挿入したままのペニスは、まだ硬度を保っていた。

「ご、ごめん……」

思わず小声で謝罪する。植物が燃えつきたことで媚薬の効果は消えているのに、勃起は収まらなかった。

「もう一度……いいわよ」

弘美は微笑を浮かべている。

すでに理性は戻っているはずだ。それなのに、弘美はやさしい瞳を向けている。そんな彼女の気持ちがうれしくて、直樹の胸に熱いものがこみあげた。

「ひ、弘美さん……」

「今度は、わたしが上になってあげる」

弘美は直樹の体をしっかり抱きしめると、ごろりと転がって体勢を入れ替える。騎乗位になり、ペニスが深く突き刺さった。

「ううッ……」

快感がひろがって、思わず呻き声が溢れ出す。

すると弘美は笑みを漏らして腰を振りはじめた。両膝を立てた騎乗位で、いきなり激しく尻を弾ませる。

「あぁッ……あああッ」

弘美の喘ぎ声が響きわたり、直樹もペニスを突きあげた。

視界の隅には、麻里と亜矢の姿が映っている。ふたりとも我に返り、恥ずかしげに服を身に着けているところだ。

この数日の出来事が脳裏によみがえる。

もうすぐ、すべてが終わる。弘美の一攫千金の夢は破れたが、いずれは東京に戻るだろう。

「ああッ、直樹っ、あああッ、直樹っ」

「ひ、弘美さんっ、おおおおッ」

息を合わせて腰を振れば、快感がどこまでもふくれあがる。

せめて今だけは、この夢のような愉悦に浸っていたい。直樹は雄叫びをあげて、全力でペニスを突きこんだ。

（了）

＊本作品はフィクションです。作品内の人名、地名、団体名等は実在のものとは関係ありません。

長編小説
発情村（はつじょうむら）
葉月奏太（はづきそうた）

2022年2月2日　初版第一刷発行

ブックデザイン……………………橋元浩明（sowhat.Inc.）

発行人…………………………………………後藤明信
発行所………………………………………株式会社竹書房
〒102-0075　東京都千代田区三番町8－1
三番町東急ビル6F
email：info@takeshobo.co.jp
http://www.takeshobo.co.jp
印刷・製本………………………中央精版印刷株式会社